徬徨的人們

Nakayama Shichiri
中山七里
劉姿君——譯

目次

一、拆除與復興

1

二〇一八年八月十五日，宮城縣本吉郡南三陸町歌津吉野澤。

渡邊憲一暫時停下手邊的事，從臺地上眺望伊里前灣。這裡距海超過一公里，海浪是看不清的。但離海一公里之遠還能看到水平線，是因為這當中不存在阻擋視野的東西。

以前視線的延長線上，理應存在過的中高層建築物，但如今連影子都不剩。南三陸町的建築物因東日本大震災而倒塌，又遭到海嘯席捲，幾乎全毀，其後又經清理作業，大多都成為空地。

「好平啊。」

他不禁有感而發。渡邊生長於山區，一站在四面八方空無一物的地方，便沒來由地感到不安。

本來，若復興事業依計畫進行，新建築應該處處林立才對，現狀卻是清走了瓦礫，卻聽不見丁點建設的聲響。本來以復興為名，來自全國各地的人力物力財力齊聚宮城，但這些早已被預定於兩年後舉辦的東京奧運搶走了。復興計畫因而遲遲沒有進展。

渡邊目前負責的臨時住宅拆除作業也差不多。動工當時的四十名作業員現在只剩下不到三分之一。但人雖少了，老老實實繼續做下去還是會有進度。隨著受災戶遷入災害公營住宅，不需要的臨時住宅陸續拆除。作業員的人數減少了，但住在這臨時住宅的人也少了很多。沒記錯的話，應該只剩三戶。

渡邊既不是災民，又身為承辦拆除作業的人員，其實沒什麼立場說這種話，但將居民全部遷走、讓空地只增不減的狀況，真的能叫作復興嗎？

「嘿！」

渡邊停住的手再度開始活動。因為是組合屋，拆除工程規模小又簡便。首先撤掉電路、瓦斯等基礎設施，再依序拆掉屋頂、牆壁、地板、地基。也就是把組裝的程序倒過來的概念。

為了確認水電等基礎設施是否已撤除，必須進入住宅內部。渡邊走近要拆除的那幢、最靠左的住宅，忽然停步。

從落地窗看進去，有個男人倒在屋裡，穿的是西裝，而非居家服。

渡邊覺得奇怪。這裡的住宅是拆除標的，居民應該早就帶著家當一起搬走了才對，怎麼還有人在？

渡邊輕敲窗戶。

「哈囉，哈囉。」

出聲叫了男子仍一動也不動。

傷腦筋啊。

是喝醉了，還是遊民？也許是怕夜深露重而闖入空屋。

總之，得把人請走。渡邊繞回門口伸手去扭門把。但門鎖住了打不開。

負責拆除的作業員必須入屋查看，因此領有鑰匙。渡邊找出相應的鑰匙開門進屋。

男子閉著眼，邋遢地半張著嘴。看來果然是睡死了。

「不好意思，這房子要拆了。」

去搖晃男子的身體時，他的頭往旁邊一側，露出下面的地板。

那裡有一攤血。

「咿！」

他的後腦像石榴般裂了一個大口。

*

南三陸署的警察接獲發現屍體的通報來到現場。晚到一步的機動搜查隊與庶務擔當管理官認定為他殺，聯絡了縣警本部的搜查一課。

「這裡簡直就跟空洞一樣。」

來到現場的蓮田將悟坦率說出感想。同行的笘篠誠一郎以責怪的眼神看他。

「以前光這一區就有八十四戶。現在卻僅僅三戶。等於瀕臨滅村了。」

「臨時住宅本來就是讓人暫住，等時間到了好搬到正式的住宅去。所以才會有臨時兩個字。」

蓮田不得不同意笘篠這再合理不過的回應。那麼，時間到了以後卻無法搬到正式的住宅的人，該何去何從？

震災後，南三陸町與登米市共設置了五十八個社區、二千一百九十五戶的組合式臨時住宅，尖峰時期有一千九百四十一戶、五千八百四十一人居住。過了七年，在復興廳的努力斡旋下，新集合住宅的建設有了進展，吉野澤的居民開始陸續搬進伊里前、名足、枡澤等災害公營住宅。然而雖然是公營住宅卻還是要收房租。因行政單位、住宅規模和坐落地點，入住的費用也有所不同，並不是所有的受災戶都有能力達到入住條件。

蓮田因為有這些知識打底，便認定這次發現的屍體是沒有能力搬遷的臨時住宅住戶，但這一點立刻就被推翻了。

屍體發現現場的住宅周邊已有轄區調查員和鑑識人員執行任務。落地窗中也出現了唐澤檢視官的身影。

「死掉的看來不是這房子的住戶。」

笘篠自言自語般喃喃地說。

「家當全都搬走了。鑰匙在搬走時交還。早就人去樓空的房子，原本的住戶怎麼會跑回來。」

相驗完畢，笘篠和蓮田被叫回屋內。一走進去，的確連一件家具、一樣生活用品都沒看見，可見住戶已完全搬走。

「看來住戶搬走已經有一段時間了。你看，地板上積了一層薄薄的灰。」

一踏進去，笘篠立刻對一切進行觀察。蓮田自我反省，自己還缺少這樣的縝密和專注。鑑識作業還在進行，兩人從步行帶上走向客廳。

「呀，辛苦了。」

唐澤稍稍抬手招呼兩人。鋪木地板上的屍體呈俯臥，露出了多半是致命傷的後腦傷口。

「後腦遭到鈍器一擊。應該是被分量十足的東西毆打的。體表我檢查過，沒有其他外傷。這一擊應該就是致命傷。」

笘篠合掌後，蹲在屍體旁注視傷口。蓮田也跟著細看屍體的側臉。看來年約三十歲的矮小男子身上已經出現屍斑。

「推定死亡時間為昨晚八點到十點。依照慣例，送司法解剖以後應該能縮小範圍。只不過這次，麻煩的恐怕是其他地方。」

不知道的人只怕會以為唐澤在賣關子，但對他們調查員自己人卻是不必多說。

屍體的第一發現者是臨時住宅拆除工程的作業員，渡邊憲一。據他說，前門是從內側上了鎖。而獲報趕來的南三陸署的警察則報告後門同樣也是鎖住的。

進屋的時候，蓮田也四下確認過，這住宅的出入口只有前門與後門，以及落地窗。為萬全起見，蓮田還走近仔細看過，兩個窗戶都鎖住了，玻璃也沒有遭到破壞的痕跡。

換句話說，不存在凶手的逃脫路徑。

「笘篠先生。」

一心認為笘篠會有想法而等待他的反應，卻見他不悅地皺著眉。

「查出死者身分了嗎？」

一名鑑識人員拿透明塑膠袋跑過來。裡面裝著駕照和身分證。

「南三陸町役場 建設課土木科掛川勇兒」

身分證的大頭照與屍體一致，因此認定為掛川本人應該沒錯。年齡二十九歲，住址在南三陸町。

「其他的持有物品？」

「皮夾裡有卡片類和現金三萬五千四百圓。」

「手機呢？」

「沒有手機。」

「向南三陸町公所確認。」

蓮田收到笘篠的指示，先來到住宅外打電話到公所。報上姓名轉接建設課後，接電話的是一個女聲。

「敝姓鶴見。」

「我是宮城縣警刑事部的蓮田。請問貴單位是不是有一位名叫掛川勇兒的先生？」

「掛川是我們這裡的職員沒錯。」

「有人發現疑似掛川先生的屍體。」

聽得出電話那頭的鶴見驚訝得說不出話來。

「喂。」

「……他這麼晚了還沒來上班，我們還以為他怎麼了。」

「我們想確認是不是他本人。可以麻煩貴單位的人跑一趟嗎？也請麻煩告知掛川先生親人的聯絡方式。」

「請稍候。」

大概是去拿資料吧，中斷了片刻之後，鶴見回來了。從她那裡問到了緊急聯絡人，立刻便與家屬聯絡。家屬表示要中斷工作過來。

回到住宅內，笘篠正與鑑識人員湊在一起。

「怎麼了嗎，笘篠先生？」

「除了門窗，果然沒有能夠出入的開口。」

蓮田嚴肅點頭。

「要說其他開口就是天花板上的採光窗，但那裡離地板有三公尺，不用梯子是搆不到的。而且窗戶是嵌死的，本身就不可能打開。」

採光窗是邊長八十公分的小四方形，看來並沒有充分達到原本的目的。這也是臨時住宅馬虎的地方嗎？

笘篠不快地皺著眉。蓮田也知道他想說什麼。

「我懂。笘篠先生很討厭不合理的事。」

「不合理的事，就是有哪裡看漏了。」

「我同意。所以要找出看漏了什麼，不然就是要找出合理的解釋。」

蓮田明知道會惹人嫌還是說了：

「這搞不好是密室殺人，不可能的犯罪。」

笘篠一副不甘願的樣子點了頭。

這是推理小說和推理劇常用的設定之一，蓮田本身也看過那類小說，但現實案件中現場要成為密室狀態是不可能的。首先，殺了人之後，儘量消滅犯案痕跡，或是乾脆讓屍體消失都更加省事。除非偽裝成自殺，不然製造密室狀態不是白費工夫嗎？當然，要起訴就必須證明嫌犯有犯行的可能，但一旦逮捕，有了自白書、蒐集物證便足以應付。無論如何，密室都是個事倍功半的主意。

「既然都在眼前了，哪來的不可能。」

笘篠仍然沉著一張臉放話。

「既然是人布置出來的把戲，就同樣能由人來揭穿。」

看來他是極其認真地打算挑戰不可能的犯罪。蓮田心中佩服，覺得這很符合有些不知變通的笘篠的風格。

「兩角先生在的話告訴我一聲。」

兩角是笘篠全面信賴的鑑識人員。只不過對於會私下問問題的笘篠，兩角常常應付得很不耐煩。

在現場巡視，很快便找到兩角。安撫了一臉不甘願的兩角，讓他與笘篠見面。

「笘篠先生，你還是一樣性急啊。就不能等報告嗎？」

「我這個人，直接問比用看的理解得快。」

「書面報告才是最終的判斷。沒有謬誤和忙中出錯。」

「兩角先生不會有謬誤和忙中出錯。」

兩角瞪了笘篠一眼，才把視線轉過來。

「你，可別學這種前輩。目前，採集了很多包括死者的毛髮、體液、腳印等跡證。現場在之前的住戶遷出時有搬家公司出入過，分析會很花時間。」

「血跡如何？」

「驗出了疑似死者的血跡。目前還沒有別的。」

「對於內部全部上鎖的住宅裡發生的命案，兩角先生有沒有什麼看法？」

「我們的工作是採集和分析，不是解謎。」

兩角這樣說完，環視屋內。

「只不過，以鑑識的立場來說，這組合屋連一個小孩子鑽出去的縫隙都沒有。我來了之後將內部每個地方都搜過了，出入口就只有前後門。採光窗是嵌死的。浴室有通風口，但那只有十二公分見方。」

「不可能從地板底下逃脫嗎？」

「如果是榻榻米的日式住宅還有可能，像這種木質壁板的組合屋就不用想了。總不能掀開鋪木地板吧。」

組合屋是將工場生產的部件在現場組合的工法。鋪木地板絕大多數都是一體成型，不是能夠輕易撬開的。

「兩道門的鑰匙是不同的。才剛確認過有無撬鎖的痕跡，但沒有用過工具的行跡。所以凶手殺害死者之後，出去再上鎖的可能就不用考慮了。不過要是有備鑰就另當別論。」

要確認住戶遷出後鑰匙是怎麼管理的——蓮田把這件事放進頭腦裡的抽屜。

鑑識作業進行中，有人通知南三陸町公所的人到了。

「見見吧。」

笘篠動了，蓮田也跟著動。

南三陸町公所的人，一如預期，是接電話的人。

「我是建設課的鶴見。」

她遞出來的名片上寫的是「建設課課長補佐　鶴見圭以子」。年紀大概超過四十五歲吧，頭髮還是烏黑的，沉穩的舉止令人印象深刻。

「課長有事無法離開，由我代表前來。」

蓮田心下有些不忿，比部下死亡還重要的事到底是什麼事？反正一定是把麻煩的認屍和手續全部丟給課長補佐鶴見。

蓮田突然同情起鶴見，主動招呼她。

「不好意思，那麼這就請您立刻來確認死者。」

蓮田領頭將鶴見帶到客廳。儘管事先已經知會了，看到掛川的遺體，鶴見還是一臉驚愕。

「是我們課的掛川勇兒沒錯。」

「還請您協助辦案。」

「只要我能力所及，一定盡力。」

至少她看來比她的上司更配合，蓮田鬆了一口氣，陪著鶴見來到屋外。貌似將一切交給蓮田的笘篠從背後看著。

「掛川先生是您的直屬部下嗎？」

「嚴格地說，他是土木科的，中間有科長。不過建設課本身就是個小單位，所以掛川先生平日的工作表現我都是就近看到的。而且又是同一座島的。」

所謂的島，是指併在一起的辦公桌。

「掛川先生是什麼樣的人呢？」

「簡單地說，就是非常認真。建設課與復興事業密切相關，所以我們是工作量最大的部門之一，而掛川先生都是默默完成工作，從來沒有怨言。也就是所謂的埋頭苦幹的那種人。」

「在職場上有沒有發生過糾紛？」

「沒有。他的個性不會和人起糾紛，而且也會在發生糾紛之前就迴避。」

「土木科做的是什麼樣的工作？」

「町內土木相關的申請和批准的手續都是他們負責。此外，也負責臨時住宅的管理。與其他自治單位比較不同的大概是這一點吧。」

「也就是說，相當於管理員？」

「隨著災害公營住宅的建設，我們也鼓勵住戶搬遷。本來，從臨時住宅遷出與入住公營住宅是一個配套，但實際上要符合所有居民的期望有困難，所以也扮演諮商的角色。」

「也就是說，掛川先生也負責這方面的諮詢和協商？」

「是的。」

鶴見的回答有些遲疑。蓮田也看得出她有所隱瞞。

「是不是在職場上沒有糾紛，但與住戶之間有？」

「有些人因為種種原因無法搬進災害公營住宅，也有些住戶不願意搬。我們課雖然努力遊說，但當中也會有些難以解決的案例。這種情形只是在行政服務範圍內的摩擦，不能稱之為糾紛。」

雖然覺得這番說明有些欲蓋彌彰，但站在公務人員的立場，大概是很忌諱把糾紛稱為糾紛吧。同樣是公務員，還是與二十四小時都要面對糾紛的警察大不相同。

正思索著有沒有辦法讓鶴見多說一些，就聽到笘篠從身後插嘴道：

「即使是一點小小的摩擦，也有人會恨得想殺人。」

鶴見的表情為之一變。

「有些行政方認為有利於民的，對民眾本身而言卻是難以忍受的虧待。妳說掛川先生個性認真，而越是認真，便會越傾向於遵守行政方的決策，居民便會越覺得冷酷。有些命案便是因為這樣的摩擦發展出來的。妳敢說掛川先生的死不是嗎？」

鶴見僵著臉看笘篠。果然在逼問方面，笘篠還是技高一籌。

「我明白妳不希望將糾紛公開的心情，但若遲遲無法逮捕凶手，掛川先生也不能瞑目。」

「不是什麼值得寫進報告的事。」

鶴見越說越激動。

「能當場處理的案件就當場處理，一些小小的摩擦連口頭報告也不會提。」

「也就是說，是存在一些掛川先生會當場處理的糾紛了。」

笘篠的話越發尖銳，鶴見的臉色更加難看了。

一瞬間，出現了沉重的沉默，蓮田的背被笘篠從後面戳了一下。

這是暗號，意味著接下來交給你。由笘篠逼問，蓮田引出證詞。雖然是很老派的手法，但對鶴見這類型的人應該很有效。

「鶴見小姐。」

蓮田聲音放得更低，繼續說道：

「我們會一一找出掛川先生接觸過的人來詢問。到時候對公所的作法有所不滿的人說的話我們也不得不聽。那些只怕是單方面的意見，又或者也可能只是借機尋釁。但若是鶴見小姐隱瞞的事被居民暴露出來，會給人一種他說的才是正確的印象。事後鶴見小姐等人再提出反駁，不免給人見風轉舵之感。您難道願意這樣嗎？」

「這是在威脅我？」

「是提醒。糾紛一定有對象，只要對象存在，糾紛的事實便無可隱藏。」

「這無關行政，是社群的問題。」

被逼得走投無路，鶴見有些自暴自棄。

「臨時住宅大多是以原本地區單位入住，震災以前的社群便直接這樣延續下來。可是搬入公營住宅是依收入和家族成員這些條件來分配，以前的社群便無法維持下去了。有些人就是不願意接受這一點。」

「因為不能和鄰居再當鄰居就拒絕搬遷嗎？公營住宅是新建的，設備也齊全，住起來應該比臨時住宅舒服才對。」

「並不是新和設備好就能住得舒服，有些人就是這麼認為的。」

道理是明白，卻無法感同身受。蓮田本身是離開老家建立了小家庭，與鄰居往來全都靠妻子，與隔壁鄰居也只是會點頭打招呼而已。他實在不認為地方上的社群會比提高生活水準重要。

「我沒有收到掛川先生針對小摩擦的報告。」

鶴見還在繼續辯解。

「但我會盡力配合辦案。不僅是口頭、書面，但凡我知道的，我都知無不言。只不過，我也不能現在就把記得但不確切的話拿出來說，能不能給我整理思路的時間？」

雖然覺得這是冠冕堂皇的藉口，卻找不到拒絕的理由。去看笘篠，見他微微點頭，蓮田才放了鶴見。

「改天再到公所拜訪。」

像這樣事先警告，想必她也不敢看輕了蓮田他們。再來就看鶴見的部門有沒有留下有用的情報了。

鶴見才走就聽說掛川的家屬到了，蓮田便與笘篠一起接應。

「我是掛川美彌子。聽說哥哥被殺害了。」

「還沒有斷定是被殺害。」

蓮田委婉糾正，卻見美彌子搖頭。

「總之，請讓我見哥哥。」

有幾分被她急切的樣子所迫，蓮田安排她去看掛川的屍體。

「哥哥！」

蓮田在最後關頭擋住了往哥哥遺體身上撲的美彌子。

「還沒有進行司法解剖，請不要碰觸遺體。」

「哥哥！哥哥！」

美彌子的力氣大得出乎意料，原本因她是女人便沒提防，就連以臂力自豪的蓮田若是不小心只怕也會被甩開。

被人從背後架住，美彌子還掙扎了一會兒，最後似乎是用盡了力氣，無力地委頓下來。

「哥哥。」

她臉也不遮地大哭。看她這個樣子，最好讓她哭個痛快。美彌子忍著嗚咽，抽噎了五分鐘，總算抬起頭來。

「……不好意思，我失態了。」

向鶴見問及掛川的家屬時，便得知他的血親只有一個妹妹。

「我聽說掛川先生只有妳一位家屬。」

「爸媽都在震災時過世了。我和哥哥那時候出門了，爸媽在家，被海嘯沖走了。」

這樣的例子在災區很多。那一天，很多在家的人都一去不回。家人俱在的蓮田每次聽到這類受災家庭的事，就覺得心中有愧。

「後來哥哥就代替父母照顧我，甚至送我上大學。本想著我現在找到工作，哥哥終於可以過他自己的生活了。」

「最近，令兄有沒有什麼反常的地方？」

「沒有。昨天也照常在平常的時間吃了早餐，一起出門。」

「他昨天沒有回家吧？」

「之前因為公所的工作也會加班到半夜，我就沒有多想。早知道會這樣，我昨晚就應該報警尋人的。」

掛川的推定死亡時間是昨晚八點到十點。即使美彌子報警尋人，只怕也救不了掛川。

「我哥哥的屍體，就在這臨時住宅裡？」

「是的。」

「那，就不是什麼意外或自殺了。」

「意外先不說，為什麼妳能斷定不是自殺呢？」

「哥哥不可能留下我自殺的。」

從這篤定的說法，看得出這對兄妹感情深厚。

「那麼，妳知不知道有什麼人討厭令兄、恨令兄？」

「沒有。」

美彌子瞪著蓮田說。

「我哥哥認真得連我這個妹妹都覺得他這個人很沒意思，他總是把自己的意見放在最後，討厭引人注目。這樣的人怎麼可能樹敵。」

鶴見與美彌子對人物的評語有很大一部分重疊了。若公私兩面幾乎一致，應該可以認定掛川其人便是如此。

把自己的意見擺在後面，討厭引人注目的人，會有敵人嗎？

美彌子的懷疑不無道理，但對於置身犯罪辦案現場的蓮田不得不說：

聖人君子也有人討厭。

認真踏實當不了免罪符的例子，要多少有多少。

2

目送美彌子離去後，笘篠朝其他住宅走去。

「笘篠先生。」

「臨時住宅尚未遷出的住戶有三戶。只是三戶的話，周邊調查也可以由我們自己來。」

「周邊調查不是交給轄區了嗎？」

「三家加起來，才十分鐘就問完了。你不會想多問一點嗎？」

辦案絕對少不了與轄區的合作體制，但笘篠急於追捕犯人時，有時會有獨斷獨行的傾向。搜查一課課長石動每次都警告笘篠，笘篠也每次都乖乖低頭認錯，但是否真的反省就很難說了。

「笘篠先生不信任轄區辦事？」

「不是不信任，只是我想讓自己安心。」

「果然是不信任嘛。」

「剩下的三戶是平日白天也都在家的。要是有時間，我們陪他們聊聊也不錯啊。」

無論錯不錯都有逾越之嫌，但或許是把目的集中在破案這一點上，很神奇地蓮田並不想反對。雖然早已預見石動那張拉得老長的臉，但能早日破案不是最好嗎？

臨時住宅有九成以上已經空了，四周圍著大大小小的建築機械。挖土機拆掉屋頂，推土機推倒輕鋼骨。發現屍體後便立即申請半徑二十公尺內暫停作業，但四散飛舞的沙塵與轟然作響的機械聲，令人忘了這裡是犯罪現場。看著壓路機將住宅拆解後露出的地基壓平，腦海中驟然浮現諸行無常這個詞。

「組合屋真的是說拆就拆啊。」

「容易組裝的也容易拆解。臨時住宅本來就不是建來讓人永久居住的。」

本來就是臨時的住處，卻也令人懷疑這臨時住處之後的住處又能給人多少保障。

他們最先拜訪的是與現場空屋距離五戶的鄰居。一眼就看得出是急就章的名牌上寫著「淵上」。急就章是因為原本沒有打算在這臨時住宅長住，一想到此，還沒見到住戶蓮田就有點退縮。

住在這裡的是淵上匡與淵上文子夫婦。兩者都是六、七十歲的前期高齡者，但看來比實際年齡要衰老。

「最左邊那間以前是籾谷家在住的。」

「上個月搬走了喔。」

「他們家是跟兒子、媳婦三個人，不知道現在是不是也和和樂樂的。」

「籾谷家不用擔心啦。」

「亞希已經五個月了吧。」

「他們家的健樹小弟弟死了啊。第二個等於是把健樹小弟弟生回來。」

「但願平安順產啊。」

兩人當著蓮田與笘篠大聊之前的鄰居。蓮田忍不住打了岔。

「那個空屋裡發現了屍體。」

「不好意思，能不能靠近一點說話？」

「今天早上，籾谷家住過的房子裡發現了屍體。」

「哦，剛才來的警察告訴我們了。聽說是公所的掛川先生啊。真嚇人。」

「掛川先生也經常來您家裡拜訪嗎？」

「嗯。他說，臨時住宅住了七年，公營住宅也加緊建設，希望我們能盡快決定遷出。一開始的時候一個月來勸一次，最近變成每週都來。我雖然很難給出正面的回答，不過他是個熱心工作的職員。」

「不會站在我們的立場為我們考慮，但是盡忠職守。不過，真沒想到他竟然會死。」

「笨蛋，剛才警察說的你沒聽到嗎？他不只是死了，是被殺的。」

「就是啊。好好一個人見人愛的年輕人，到底是誰幹的啊。」

再這樣聽兩人說下去也不是辦法，蓮田硬是插嘴道：

「您這裡掛川先生來的次數最多對嗎？」

「我們到現在都還熬著，自然就是我們最多了。」

「淵上先生為什麼要留在臨時住宅？」

「就算搬去公營住宅，我也不相信那裡能住得好。我對國家和地方政府的作法也無法認同。」

不認同直接與不滿連結。不滿累積到一定程度，便發展為糾紛。也可能成為殺人動機，蓮田判斷這一定要問清楚。

「您有什麼不滿？」

「震災剛發生那時候，國家召開了復興構想會議，你知道嗎？」

「不好意思，不是很清楚。」

「會議中提了很多意見，其中比較大的是將災區居民遷至臺地。以此為基礎，包括南三陸在內，很多地方政府提議規劃以遷移為前提的社區營造。我們以前住的地方被列為災害危險區域，叫我們不要再住了。可是啊，要搬去哪裡都還沒有影子，卻只決定要遷移，難道不是本末倒置嗎？」

淵上的說法很有道理。本來，防災集體遷移的前提是決定好遷移地之後，再將原來的居住地劃為危險區域。然而，因為發生了東日本大震災這前所未有的嚴重災害，這個前提就垮了。

「不但被迫遷離原來住的土地，臨時住宅的生活又一延再延。我啊，本來是在當地開居酒屋的。常客幾乎全都是左鄰右舍，集體被放進臨時住宅的時候，因為都是認識的人，雖然不安倒也不怕。」

旁邊的文子附和道：

「真的是這樣。我們本來的房子被沖走了，但鄰居都在，你幫我、我幫你的，大家都順利過下來了。我們平常看的醫生也馬上就趕到臨時住宅來看我們。」

「結果，開始搬進公營住宅之後，就不見人影了。每戶都被分到不同的集合住宅，鄰居之間根本不能來往，也不能像以前見見面吃吃飯。」

「這就是兩位拒絕搬進公營住宅的理由嗎？」

「像你這樣的年輕人大概不懂，到了我們這把年紀，無法和鄰居走動會讓人異常不安。」

換句話說，拒絕遷居是因為感情而非道理，也難怪掛川不得不頻繁拜訪。

「掛川先生的熱心有沒有讓您嫌煩的時候？」

淵上與老婆對望一眼，然後答道：

「煩歸煩，還是感覺得出他的努力，所以也沒有讓他吃閉門羹。難不成你懷疑我殺了他？」

「當然不是，我只是想了解一下臨時住宅的居民對掛川先生的看法。」

「一個熱心工作的公所職員，就這樣。」

淵上夫妻的不滿似是針對國家和地方政府做事的沒有計畫，但日漸累積的不滿也並非沒有可能轉移到擔任窗口的掛川身上。

藏起懷疑，蓮田提出固定的問題。

「昨晚八點到十點，糀谷先生家有沒有聽到爭吵聲或可疑的聲響？」

「那個時間都是和老婆一起看電視，沒注意到外面的聲響。」

「我們兩個的耳朵都不靈光了。不放大音量，連電視的聲音都聽不見。」

耳朵不好應該是真的。才問了這些問題，蓮田的聲音就已經開始啞了。

第二間是住在臨時住宅右端的柳沼母女。

「我先生以前是經銷商的業務，去交車給客人的路上遇到海嘯……一定是因為開的是客人的車，不敢棄車逃生吧。」

柳沼聖美萬分懷念地說。七年的歲月竟能讓悲劇成為懷舊之談？蓮田心情有點複雜。

將提問全都交給蓮田的笘篠不動聲色地掃視客廳周圍。應是觀察單親家庭的生活，蓮田倒是認為從她們一直住臨時住宅，經濟狀況便可想而知。

「您的女兒呢？」

「季里還在學校。」

聖美邊在意笘篠邊繼續談話。看來是想靠繼續談話來減緩不安。

「她上小學之前就因為震災失去父親，當時常做惡夢，晚上都睡不好。上了國中以後這種狀況才變少了。」

「今天早上，公所的職員被發現死在最靠左的空屋裡。」

「我聽說了。掛川先生每週都會家訪一次。季里也跟他很熟，聽了一定會很震驚。」

「掛川先生頻繁造訪，是為了勸您搬進災害公營住宅嗎？」

「那是掛川先生的工作啊。不過，無論來多少次，老實說我也只能說抱歉。」

「柳沼太太對搬家也是很消極喔？」

「談不上消不消極，而是我們沒有那個錢。我們是單親家庭呀，刑警先生，你知道公營住宅的房租多少嗎？」

「我知道基準額依收入和家族成員有很大的不同。」

「市町村不一樣，但平均每個月是一萬二到二萬三。」

將近一倍的差距讓蓮田很吃驚。

「從去年開始慢慢整個漲上來。我也不是很清楚，不過一定是復興預算縮水了。順便告訴你，距離這裡最近的公營住宅是一萬八。對單親家庭來說，是一筆很大的開銷。」

蓮田本來想說那麼何不考慮遠一點比較便宜的公營住宅，但最後並沒有說。他也知道有一個上國中的女兒，搬到遠處並不實際。

「照目前的條件，房租就負擔不起了，等住宅落成十年後，就會取消房租減免的特別措施，房租會再漲。我無論如何都想讓季里上高中，考慮到學費，實在很難搬進公營住宅。」

「災民有政府補助啊。用那筆錢……」

「雖然有災民生活重建支援制度，但我們以前本來就是租屋，即使加上住屋補貼，也只有一百萬左右。我們母女兩個再怎麼省，一百萬也一下就沒了。我先生又沒有買保險。」

聽她微笑著這麼說，蓮田無言以對。

再度環視屋內。家具和日用品看就知道很平價。架上的小裝飾品都很可愛，但擺脫不掉百圓商品的印象。觸目所及都是生活必需品，沒有冗餘的生活同時也意味著不容有冗餘的生活。

「不用那樣四處看，我們就是窮。」

「如果您是因為經濟上的原因無法搬進公營住宅，掛川先生沒有給您別的建議嗎？」

「我知道他很認真。他是以遷居為前提來協商的，你說他有為我們設身處地著想嗎？不算有。我現在的工作不是正式員工，他給建議是能不能換到收入更多的工作，要不要重新考慮季里的升學，都很強人所難。總之，很明顯他是一心想要我們早點搬出臨時住宅，並不關心我們母女的生活。」

「協商中發生過糾紛嗎？」

「因為看法不同，是有雞同鴨講的時候，不至於到糾紛的程度。因為我知道掛川先生對工作很熱心。」

這種說法聽起來有點諷刺，蓮田決定單刀直入。

「您恨過他嗎？」

「喂。」

笘篠從身後叫道。看樣子自己太莽撞了。

「沒有啊。我不是說嗎，女兒也跟他很熟。雖然看法和目的不同，但態度真摯就不會有怨恨痛苦。」

「真是這樣嗎？」

「刑警先生在震災裡有受害嗎？」

「沒有……」

每次被問到受災經驗，蓮田就無地自容。明知這是很扭曲的反應，但這種心理實在不是想擺脫就能擺脫的。

「如果失去房子的只有我們一家，也許我對掛川先生的建議會有不同的看法。可是，那是一場那麼大的災害。有些孩子失去了雙親。有些人家不是只少了幾個家人，而是全家都被海嘯捲走。面對這麼大的災害，國家和政府能做的很有限。而掛川先生不過是一個小小公務員，只能遵從政府的方針，這我能理解。不過我不接受就是了。」

聖美依然在微笑，但蓮田無法判斷她的話有多少是真心的。轉頭想尋求幫助，笘篠卻抿著嘴照樣一言不發。

「昨晚八點到十點，您在哪裡？」

「那個時間是和女兒在家。沒有什麼事，也沒有地方可以外食。」

「除了家人之外，有人能證明嗎？」

「沒辦法。附近大部分的人都搬去公營住宅了。就算大聲說話，也不會有人聽到。」

「那麼，那個時間您有沒有聽到籾谷家傳出爭吵聲或可疑的聲響？」

「我這裡和另一邊隔著十多戶呢。我想無論發生什麼事，大概都聽不見。」

一從柳沼家告辭，疲勞感便立時重重壓在肩頭。

「怎麼了？」

「感覺好像中了什麼毒氣。」

「不是毒氣，是愧疚。你對災民感到不必要的愧疚。」

「才不是。」

「就是。」

「如果是，那我又能如何？」

「這不該由我來告訴你。你自己想。」

笘篠催蓮田先走。最後一戶是位於柳沼家後方的皆本家。蓮田已事先從前來訪談過的轄區那裡得到資料。皆本伊三郎，七十八歲。同樣是因海嘯失去家人，目前獨居。

「剛才南三陸署的警察也來問過同樣的問題了。」

皆本老人似乎一早就喝酒，紅著一張臉。一看，兩盒紙盒裝清酒倒在餐桌上。

「聽說公所的掛川先生死了。自殺的嗎？」

「您怎麼會這麼想？」

「我看他不像會被人恨到要他的命，也不至於會突然猝死在空屋裡。再來就只剩自殺了啊。」

「您知道他有什麼自殺的理由嗎？」

「公所一直催著要人早點搬走，我家和淵上家，還有柳沼家到現在都還一直賴在臨時住宅不走。他兩頭不是人，就自殺了？」

他的雙眼混濁，所以看起來倒有幾分像受到挑釁的樣子。

「皆本先生被掛川先生催過？」

「催過啊，催得可凶了。但是我一個無業的老頭子又住不起公營住宅。」

「申請生活保護呢？」

「哼。我才不想活到這把年紀還要求國家可憐我。」

蓮田差點被皆本老人噴出來的酒氣嗆到。

「本來我是一個人養全家，震災前我是做魚網的。」

「您說的魚網是底拖網或刺網的網嗎？」

「雖然大廠也有成品，但我靠的可是自營業的強項，訂製。當地的漁師也很看重我做的魚網。雖然賺不了多少錢，至少養得活一家三口。」

「您有做訂製漁網的本事，怎麼會無業呢。再開始工作不就好了？」

「工廠被沖走了啊。你再搬到離海很遠的公營住宅看看，有本事也沒工作上門。」

遷居與無業的因果關係和剛才顛倒了。看來他不是醉意上頭說得顛三倒四，就是本人打從一開始就拒絕重新振作。

懷疑直線上升。他若因此和掛川吵起來也不足為奇。

「您說您被掛川先生催得很凶？」

「是啊。他很煩。」

「你曾經覺得他很可恨嗎？」

「一天到晚都覺得。公務員哪懂自營業的辛酸。小鬼哪懂老頭子的心情。」

皆本老人似乎醉得厲害，證言的可信度十分可疑。但又不能不問。蓮田嚥了口口水，然後從頭問起。

「皆本先生，昨晚八點到十點您在做什麼？」

就在他說到這裡的時候，

「皆本爺爺，我來了！『友&愛』的大原——！」

一名女子從沒鎖的門冒冒失失地進來。但一看到皆本和兩名男子，立刻便按住嘴。

「不好意思，你們在忙喔。」

下一秒，她的視線移到蓮田身上，睜大了眼。

「咦，該不會是將將吧？」

蓮田也同樣吃驚。

突然闖進來的人，大原。

她正是蓮田從小的玩伴，大原知歌。

3

「知歌怎麼會在這裡？」

「將將怎麼會在這裡？」

「我來辦案。」

「皆本先生是我負責的。」

兩人幾乎同時說話，沒有比這更混亂的了。旁人聽起來是牛頭不對馬嘴的對話，

但他們本人卻溝通無礙。

蓮田正不知如何應對突如其來的懷念之感時，笘篠介入了。

「你朋友？」

「高中同學。」

「我是宮城縣警笘篠。」

笘篠出示了警察手冊，知歌連忙遞了名片。蓮田從旁邊探頭看，上面印著「友&愛照顧管理專員大原知歌」。

照顧管理專員是什麼樣的工作，大致可以想像。看皆本老人的反應，知歌應該真的是負責他的專員。

「你說你來辦案？」

「臨時住宅最靠邊的空屋發現了屍體。」

「啊——，所以才會有警車停在那裡啊。我還到處問住附近的人呢。」

這時皆本老人插嘴道：

「他們問我昨晚八點到十點在幹嘛？」

「呃，那個時間不就和我在一起嗎？」

「真的嗎？」

「因為是深夜時段，所以不算一般業務。是皆本爺爺打電話給我說他突然不舒服，我就趕來了。他肝臟本來就不好。」

肝臟不好還一早就喝便宜的劣酒？

「吃了藥就好多了，但為了慎重起見，我還是看著他一直到十點才走。」

「那是在晚間八點到十點這段時間？」

「嗯。」

「可是，讓人服藥、看狀況這些，是醫生和護理師的工作吧？」

「我有護理師執照啊！」

蓮田立刻浮現三個新的疑問，但他發現笘篠瞪著這邊。

「如果能取得親人以外的證詞，不在場證明就成立了吧？」

「是的。」

「走了。」

話聲一落，笘篠便走向門口。

「不好意思，笘篠先生，可以給我五分鐘嗎？」

「我在車上等。」

蓮田看著笘篠的背影，和知歌一起來到屋外。

「好久不見了，將將。多少年了啊？」

「十四年。」

「是喔。高中畢業以後就沒見過了呢。」

知歌懷念地瞇起眼。她還是一樣，一笑眼睛就瞇成一條線。

「我是有聽說你當了警察，所以你和剛才的笘篠先生一樣在縣警本部？」

「對啊，搜查一課。」

「搜查一課是負責重大刑案的吧。那，空屋發現的屍體是殺人案嗎？」

「現在還不確定。妳對這邊的臨時住宅很熟嗎？」

「有好幾個以前住在這邊的人都是我們負責的。」

「以前？」

「多的時候有十個左右吧。現在幾乎都搬到公營住宅去了，只剩皆本爺爺。」

「妳認識住在最靠邊的人嗎？」
「籾谷家吧。雖然不是會員，但我認識。好像是上個月搬走的吧。」
「不光籾谷家，妳有沒有聽說這邊的臨時住宅和公所的職員發生過糾紛之類的？」
「到底死了誰啊？」
蓮田一時不知該不該說，但現場附近出現了疑似新聞從業人員的身影。想必午後網路新聞就會報導出死者的身分。
「南三陸町公所建設課的職員。」
「啊，掛川先生。」
「妳認識？」
「因為他也常來找皆本爺爺。我也遇見過好幾次。是嗎？原來掛川先生死了啊。」
知歌以探究的視線看過來。
「那，是人為？意外？」
「剛才不是說還不確定嗎？」
「既然警車都圍住空屋了，可見屍體是在建築物裡被發現的吧。很難想像在家具什麼的全都搬走的空屋裡會發生意外。剩下的可能不是自殺就是他殺了。別的不說，如果是意外，你們就不會向附近居民問不在場證明了。」

蓮田在心中咂舌。不僅笑容沒變，腦筋靈活這一點也沒變。

「現在還沒有進行司法解剖。在掌握所有狀況之前，要從他殺和意外雙方調查。」

知歌一副半信半疑的樣子點點頭。

「別用懷疑的眼光看我。」

「不是的。我是感慨那個將將真的在當刑警。」

「是有多意外。」

「不是的，我覺得你天生就要當刑警。將將從以前最自豪的就是臂力嘛。」

「刑警用的是腦子。」

「那就不適合將將了。」

掛川遇害的狀況是一種不可能的犯罪，不是靠臂力、腳力就能解決的。若情況允許，蓮田真想這樣辯解。

「高中畢業以後就一直沒聯絡了。將將當警察我也是聽說的。」

一陣尷尬的沉默籠罩了兩人。

蓮田在高中畢業的同時，從出生的故鄉南三陸町搬到仙台市。因為是父親工作上的調動而搬家，所以當時心情雖然複雜，但又不是生離死別，並沒有多少寂寥之感。一心以為故鄉永遠都在，只要想回去隨時都能回去。

然而，東日本大震災粉碎了蓮田的想法。曾經昂首闊步的道路，歡度孩提時代的沿海景色在短短幾小時之內便消失無蹤。不止土地和建築。高中畢業後仍留在當地的朋友很多都消失在海浪中。新聞影片和報導再再告訴他熟悉的地方已面目全非，每次去查罹難者名單上的名字，都難過得抬不起頭。

原來地方不是想回去就能回去。

原來人不是想見就能見到。

故鄉是人與土地記憶的積累。失去了這兩者的地方，還能稱為故鄉嗎？

「在仙台通過考試之後就一個現場接一個現場地跑，忙得沒空。」

「單身嗎？」

「三年前結婚了，孩子都有了。妳呢？」

「南三陸的男人沒有看女人的眼光啊。」

「『友&愛』是志工嗎？」

「算志工嗎，是非營利組織。我是正規員工，負責震災災民各方面的照護。」

「有點意外耶。我記得妳不是想當護理師嗎？」

「所以我有執照啊。」

「我不是這個意思。」

「本來是在醫院上班的。可是因為震災，醫院整個呈毀滅狀態。」

「志津川醫院嗎？」

「所以才在現在的非營利組織工作。」

「職場環境好不好？晚上十點還要工作，也太血汗。」

「比在醫院上班好多了。沒有難伺候的患者，薪水也比較好。」

知歌說著話，一邊抽抽鼻子。這是她說謊時的習慣動作。如此看來，也許目前的勞動環境比在醫院上班時要差。

「妳爸媽，很遺憾。」

「嗯。就……謝謝。」

她回禮的話讓蓮田一陣心痛。

查閱罹難者名單時，蓮田看到了知歌父母的名字。一方面為沒有看到她的名字而安心，但想到知歌失去父母的心情，便感到心頭沉重。對知歌固然同情，但更多的是心虛。

蓮田很幸運，沒有親人罹難。他們在仙台住的是出租公寓，牆上出現了裂縫，只要搬家就好。家具物什被震得亂七八糟，但家裡都沒有擺什麼值錢的東西，損害並不大。然而，同樣是仙台市內，位於沿岸的宮城野區和若林區的居民的災情更加嚴重。

仙台市的災情如下：

建築損壞

全毀：2萬9912棟

大規模半毀：2萬6828棟

半毀：8萬1714棟

部分損毀：11萬5803棟
死者：891名
失蹤者：30名
傷者：2271名

光是看著數字就覺得胃很沉，但在難過的同時，也為沒來由的憤怒所困。這個數字並不是平均分布在仙台市民身上。有建築物倒塌，也有建築物一絲裂縫都沒有。有死者、輕重傷患，也有很多人毫髮無傷。

那時候，一個人的所在之處決定了他的生死，也決定了命運。與頭銜、職業、收入、年齡、為人善惡都無關。作惡的未必會死於非命，行善的不見得能逃出生天。一切全都靠偶然與神的惡作劇。

正因如此，沒有災情的蓮田才會對災民感到愧疚。他也深知這是沒有意義的愧疚，是他單方面想不開。然而，當他像這樣看到受災的人，即使對方是兒時好友，罪惡感還是會沉沉地壓上來。

知歌默不作聲，於是氣氛加倍尷尬。心急的蓮田尋找其他的話題。

「貢和沙羅不知道怎麼樣了？他們也都沒有離鄉吧。」

結果知歌睨了他一眼。

「你還真的不知道大家的消息欸。貢，入贅到沙羅家了。」

蓮田不禁嗆到。

「真假？」

「真的真的，真的不能再真。這要是玩笑也一點都不好笑吧。」

「妳去吃喜酒了？」

「怎麼可能。邀請的和受邀的不都尷尬死了。」

「可是……」

正要繼續說下去，手機有來電。笘篠打來的。

「喂。」

「五分鐘早就過了。」

一看時間，已經過了十五分鐘。

蓮田匆匆與知歌交換了社群媒體的帳號，走向笘篠。他知道知歌在背後目送他。

「對不起來遲了。」

「聊起以前樂不思蜀了？」

「沒那麼開心。」

「蓮田你是本地人吧？」

「出生的故鄉也不見得待起來就一定自在。」

笘篠不答。

「先回本部。馬上要召開搜查會議。」

「鑑識報告和解剖報告都還沒出來就要開？」

「乾等明確的證物也不是辦法。現場是那種狀況，不解開密室的機關，案情就不會有進展。」

蓮田坐進駕駛座，踩了油門。

「笘篠先生很在意密室喔。」

「我並不想模仿福爾摩斯或金田一耕助。我只是討厭不合理的事物。」

這個回答很笞篠，但話題並沒有持續。

因為蓮田的意識已經飛到十幾年前去了。

蓮田生長於志津川地區。同一個町裡有同學。大原知歌、祝井貢、森見沙羅三個。由於四個家庭父母都經常不在，放學後他們常一起玩到天黑。搞不好碰面的時間比家人都久，四人可說情同手足。上學放學一起，玩也玩在一起。不僅如此，甚至從幼稚園到國中都同班。

「孽緣啦，我們幾個。」

升上國三時，看到走廊上貼出來的分班表，知歌便嘆著氣說。

「從幼稚園算起，這是連續十二次了。你們知道町裡都是怎麼說我們的嗎？」

「不同父不同母的四兄妹。」

同樣在旁邊看分班表的將悟喃喃地說。

「說什麼因為一個人的肚子裝不下，所以分四個肚子生出來。」

「也太誇張了。」

四人中成績最好的貢苦笑著說。

「再怎麼說，我們四個的個性都差太多了。根本一點都不像。這樣還說什麼兄妹，怎麼可能。」

「會嗎？」

站在後面的沙羅提出異議。

「我就覺得將將和貢有地方很像。」

哪有？將悟和貢同時吐槽。

「兩個人都不坦率。將將是不想說就一直悶著，貢是馬上就說謊。」

「我這輩子可從來沒說過謊。」

「好喔。這句話就沒有一個字是真的。不過呢，貢說謊我和知歌一看就知道。」

「妳們怎麼知道？」

貢意外地問。

「知歌說謊的時候看鼻子就知道，可是我又沒有她那樣的毛病。」

「就只有本人才會這麼想。對不對，將將。」

「嗯，沒錯。」
「喂！將將，怎麼連你都這樣。」
「貢啊，謊話的時候……」
「我怎樣？我有什麼習慣？」
「不告訴你。告訴你，你馬上就會改掉。」
「妳喔。」
「有什麼關係，反正除了我們三個別人又看不出來。」
正如沙羅調侃的，貢常說謊。只不過那些謊話都不會造成傷害，他是對興趣偏好那些關於自己內在的問題，完全不會老實回答。其他三人都知道原因，不會因此對貢有意見或想糾正他。既然不會對任何人造成困擾，說個謊又有什麼關係。
只不過，要是說謊舉止就會有些不自然，和平時不同。交情不夠深的人自然看不出來，形同手足般一起長大的將悟他們自然不可能看不出來。
國三的時候，知歌曾被同班的三個女生霸凌。原因是受男生歡迎之類很無謂的小事。然而，原因無聊，霸凌卻很嚴重。藏鞋子、把文具書籍丟進馬桶。她們一直拿這類常見的霸凌行為來糾纏知歌。

最早察覺知歌遭到迫害的是貢。頗為遲鈍的將悟和沙羅還沒發現，他就尾隨知歌，找出了那三個施暴的女生。

確定那三個女生是目標後，貢的行動既迅速又老成。他用數位相機將她們的霸凌行為一一錄下來，再將這些影片編輯得讓人找不出受害者是知歌，放到網路上傳出去。

從拍攝地點立刻就能判別是哪個學校的學生。校方大為驚愕，三人的家長驚慌失措，緊急召開了家長會議和教師會議，經過怒吼、懇求、政治考量與家長保身的一番纏鬥，結果那三人黯然轉學。

幾名學生因在網路散播影片的嫌疑，被老師叫去問話。與知歌要好的三人被問得特別仔細。就連與事情無關的將悟和沙羅都被問得發抖，罪魁禍首貢卻正面瞪視老師的眼睛這麼說：

「我怎麼可能做那種事呢？請您看著我的眼睛判斷。」

老師迫於他的氣勢，反而向他道歉。

「眼神清澈，沒有任何陰影。」

後來老師大為感嘆，但將悟他們卻捧腹大笑。而將悟和沙羅也明白責為何沒有找他們商量一句就獨斷行事。

因為是沿海的城鎮，上學路上總是充滿了海潮味。雖然大人們老是抱怨衣服黏黏的、汽車動不動就生鏽，但將悟並不討厭這味道。

「明年的現在，大家不知道會怎麼樣啊。」

走在最前面的知歌說道。

「高中大概就真的會分開了吧。」

沙羅雖然努力裝平靜，卻掩蓋不了隱隱透出的失落。孽緣把他們綁在一起直到國中，但高中不同，是靠成績和出路來分的。四人期許的將來完全不同，志願學校自然也就不同了。

「別這麼快就認定。」

明明沒什麼憑據，將悟卻反駁。

「將來又不是靠高中決定的。要是嫌選擇被限制了，那就努力拚個更好的高中啊。」

察覺身上有視線盯著，原來三人都睜大了眼看著他。

「幹嘛，一副看到被打上岸的鯨魚似的。」

「實在沒想到將將竟然會說出這種話。」

貢感慨萬千地說。

「聽到這些話，不發奮不行喔，對不對，沙羅。」

「呃、呃！」

突然被點名，沙羅一下慌了。

「對啊，我是只要能考上好高中就行了。」

升學的事就談到這裡，但對自己那番發言最驚訝的，只怕是將悟自己。

既然話說出口，不傾盡全力去做就是笑話。雖然現在開始埋頭準備考試能做到什麼程度是未知數，總比什麼都不做好。

暗自下定決心的同時，將悟對高中畢業後的未來有了模糊的想像。

他們四個會在各自的能力與期望中找出一個折中點，然後走上各自的道路。在當地的企業或公家機關上班，縱然無法每天見面，假日也能三不五時聚一聚，和過去一樣打屁扯淡。

然而，事與願違。

4

第一次搜查會議僅止於案發與初始調查成果報告。

由於尚未收到司法解剖的報告，會議便根據唐澤檢視官的相驗進行。

「後腦頭蓋骨凹陷導致的腦挫傷。其他沒有明顯外傷，經簡易檢查亦未發現攝入毒物的痕跡，目前應可視此為致命傷。」

東雲管理官從會議開始便臭著一張臉。目前已知的事實他應該事先便收到通知，因此定然是在煩惱比死因更麻煩的問題。

「鑑識。」

兩角應聲站起來。

「現場採集到數人的不明毛髮與腳印。由於先前的住戶搬走時有幾名搬家業者出入，跡證中混有這些人之物的可能性很高，目前正請當時業者的人員配合採樣。」

「那裡有一段時間無人出入。死者和凶手的跡證應該很容易辨別出來吧？」

「無法斷定。」

即使被東雲追問，慎重居士兩角仍避免把話說死。

「下一個，周邊調查。」

笘篠站起來，但走訪的對象只有三家，一下就報告完了。對此，東雲似乎也很失望。

「這樣就沒了？」

「該臨時住宅已大多遷往公營住宅，只剩三戶。而且三戶距離屍體發現現場有段距離，無人聽到動靜。」

「除了居民，沒有其他人經過附近嗎？」

「臨時住宅本身建於遠離住宅區的臺地。我們詢問過負責該區的宅配業者，在推定死亡時間的晚間八點到十點並沒有在附近配送的紀錄。」

「陸地上的孤島嗎？」

東雲極少在臺上喃喃自語，但親眼看過現場的蓮田不禁點頭。

雖說是臨時住宅，卻也是集合了最先進建築技術的建築。居住性和耐久性肯定都是一流的。然而，這一流的建築卻建造在一個被隔離的地方，遠離市區。陸地上的孤島這個形容頗為中肯。

「人際關係如何？」

這就要由訪談過掛川的上司與家屬的蓮田來回答了。

「詢問死者服務的南三陸町公所建設課的上司，以及同住的妹妹，但死者掛川工作態度認真，不是會與人結仇的人，雙親死於震災，現與妹妹兩人同住，謀財和家庭不和的可能性也不高。」

「工作上沒有財務糾紛嗎？」

「目前並未聽說。」

「但沒有找到死者的手機。不在家中也不在現場，可見極可能是被凶手帶走。因此，推測死者手機裡極可能儲存了能特定出凶手的資訊。而手機中儲存了資訊，表示該人物與死者有接觸。」

這番推論很有說服力，蓮田又點頭。然而，東雲接下去的話便沒有這麼順暢了。

「問題是現場的狀況。前門後門、落地窗都從內部上了鎖。門上的鎖也沒有被撬過的痕跡，至今仍不知凶手如何逃走。現場是空屋，鑰匙的管理狀況如何？」

這個問題由轄區的調查員作答。

「現場的住宅自先前的住戶搬走後，便由南三陸町公所建設課管理，主鑰和備鑰都在公所內的置物櫃。」

「沒有被帶走的可能性嗎？」

「置物櫃在下班時會確認鑰匙數量後上鎖。案發當天的鑰匙數量是對的。」

「打備鑰的可能性呢？」

「主鑰和備鑰兩者都交給鑑識分析中。」

「叫鑑識一有結果就立刻報告。」

很多調查員都已經發現東雲和以前不太一樣。

「現場在犯案當下，是所謂的密室狀態。」

「密室」這兩個字，東雲說得像是硬擠出來的。

「大家都知道，要送檢、起訴，就必須列明犯案的動機、方法、機會。當然，只有狀況證據並不是不可能送檢，只要有嫌犯的自白也能爭到起訴。但是不夠充分。就搜查本部而言，希望將不利於起訴的材料全都先解決掉。」

不經意往旁邊一看，笘篠正一臉無聊地看著東雲。搭檔久了，蓮田是不會被糊弄住的。當笘篠露出這種神情的時候，反而是他幹勁十足的證據。

「這世上不存在不可能的犯罪。就算表面看來如此，背後一定有人為或偶然。而憑我們的辦案能力和科學搜查之力，應該能夠將那些人為和偶然推翻。繼續調查人際關係，找出與死者有交集的人物。鑑識加緊分析，找出凶手逃離現場的路徑。以上就是目前的辦案方針。」

會後，調查員依石動課長的指示分派任務。

「笘篠和蓮田繼續調查人際關係。」

石動走過來這樣下令，笘篠立即點頭。只不過他點了頭不見得代表全面承應，笘篠插手未被分派的任務的情況並不少。嚴格來說是越權行為，但笘篠會拿出相應的成果，所以石動也就不追究。

出了會議室，笘篠瞥了蓮田一眼。

「關於人際關係，有沒有想去問問的對象？」

「我想再和現場遇到的照管專員大原談談。」

「剛才不是談過了？」

「剛才的算是閒聊。」

「你能分得清閒聊和詢問？」

果然被看出來了。

知歌認識死者掛川。都是常跑臨時住宅的人，彼此認識可說是理所當然，若繼續詢問也許能得到其他線索。案發當時忘了，事後才想起是常有的事。

然而在同時，蓮田也無法否認他有意填補他和知歌空白的十四年時光。這麼一來就可能公私混淆，但也可以反過來利用這一點。

「我考慮以閒聊為由，來引出線索。」

笘篠哦了一聲，聽起來似是佩服，也似是看透了他的居心。

「那我最好不要一起去。」

這個提議讓蓮田大為驚訝。

「我一個人可以嗎？」

「能順利向關係人詢問就好。除了人際關係，我也想查查別的。」

蓮田直覺是笘篠想單獨解開密室機關，但決定不問。

「不過，你的所見所聞都要鉅細靡遺地報告。」

最後又叮囑了一句，笘篠才離開。

翌日，蓮田前往知歌告訴他的「友＆愛」的事務所。地點是南三陸町志津川沼田〇〇〇，距離南三陸町公所、醫院前站步行不遠的地方，就在一家幼稚園隔壁。對面就可以看見南三陸町公所的建築。

事務所本身是平房的組合屋，看起來蓋得極其粗陋。大概是非營利事業的預算頂多就只能負擔得起這樣的事務所吧。

門一開就是櫃臺。知歌就坐在那裡。

「將將。」

「妳說妳這個時間會在。」

掃視事務所一圈，除了知歌沒看到其他人影。

「就妳一個？」

「我們員工沒那麼多。櫃臺也是輪流的。」

「可以聊聊嗎？」

「辦案的一環嗎？還是私事？」

「都不是的話就不能聊了？」

「可以是可以。」

知歌因為提防而沉著臉，蓮田立刻便選擇掩飾。

「開玩笑的。只是因為中間隔了那麼久，想好好聊聊而已。沒別的意思。」

「你就為了閒聊特地跑到南三陸町來？」

「只要說是辦案的一環，就不會有人說話。」

「真是不良刑警。」

「就算這樣還是很受信賴的。」

說上幾句話，就立刻化解了提防。這肯定是青梅竹馬才有的便宜。

「只看這個狀態的話，妳們好像很閒。」

「因為是在看家啊。別看這樣，還是會有很多人打電話來詢問啦，申請的，去巡視回來也是累得像狗。」

「妳說的巡視，是像皆本先生那樣去照顧他嗎？」

「照護業務只是一小部分。其他像幫忙解決生活上的煩惱啦，填寫各種申請書啦，總之什麼都做。」

「可是，如果只是那樣，應該還是會漸漸閒下來吧？不止吉野澤，縣內的臨時住宅不正一個個被拆掉嗎？」

「到時候我們的工作會越來越多。」

知歌輕輕睨了蓮田一眼。

「本來一直到臨時住宅都還維持著的地方社群一搬進公營住宅就消滅。家裡是正忙著工作的青壯年夫妻和學齡兒童的家庭就算了，老夫妻和單身的人是很難融入新環境的。」

「被放到完全陌生的集團裡會孤獨，這個我能理解。可是，光是因為這樣就會需要你們的幫助嗎？」

「會有這種想法的，不是一直跟家人住在一起，就是一直一個人住。人啊，一旦和家人、親友建立起感情，之後變成一個人，立刻就會陷入孤獨。事實上就有人自殺了。」

一聽到這些話，蓮田又被那罪惡感折磨。和面對知歌一樣，一聽到有人在震災或海嘯中失去家人的例子，無論如何就是會退縮幾分。他的雙親平安，也躲過震災，如今獨立了也有了家庭。嚴格來說，他從來不曾孤獨過，人生平安順遂。對不幸失去家人的人總是感到過意不去。

「因為拆除臨時住宅加緊進行，像我們這種人少的非營利組織就忙得暈頭轉向。雖然也在徵正職員工和志工，卻一直找不到人。」

「我聽說應徵這類義工的很多啊。」

「因為我們的條件是要有證照，像照護服務員、臨床心理師、諮商心理師，還有其他的。」

「人手都不夠了，怎麼還提高門檻？」

「你要知道，就算是義工，只有幹勁的一根筋先生小姐也只會礙事。不管是災害、照護還是心理諮商，都不能沒有相應的專業技能。」

「好嚴格啊。」

「因為災民所處的立場本身就很嚴峻。都已經這麼艱難了，我可不希望還有人興匆匆地為了找尋自我和大談當年勇跑來湊熱鬧。」

「妳很討厭那種人喔。」

「就是有啊，這種幫倒忙的義工。根本就是來觀光的，事情也不好好做，半路就跑掉。收拾他們的爛攤子反而還要花兩、三倍的力氣。」

或許因為是和熟人說話，知歌臉上厭惡之情畢露。一定是平常就忙於應付那些幫倒忙義工吧。

儘管這些話題十分有意思，蓮田想問的卻不是義工的現況。而是自己不得而知的知歌他們的十四年。

一開始，聽到祝井貢入贅森見沙羅家時，他都傻了。差點就忘了自己是去調查命案的。

他做夢也沒想到貢會和沙羅結婚。因為一直到高中畢業，貢交往的對象都是知歌。

在他最感到困惑的時候，知歌喊他。

「想什麼啊？看你一副心不在焉的樣子。」

「沒事。」

「將將你啊，自己大概沒發現，但你就是『Satorare[註一]』啊。」

Satorare。

註一：出自漫畫家佐藤誠的作品《サトラレ》，即Satorare，中譯《特異人種》，後又改編為電視劇《心靈感應》。作品中設定Satorare是一些因先天性右腦突變，心中所有的思考都會被四周的人知曉的天才。

以前不知被知歌他們取笑過多少次。自己好像是想什麼都會寫在臉上。

「刻意隱瞞反而讓人不舒服。你就直說吧！能回答的我會回答。」

「那我就說了。最後怎麼會變成貢和沙羅結婚？」

「呃！」

「和貢交往的是妳啊！我不在的那段期間到底出了什麼事？」

「你還真直接。」

「不能說的話就算了。」

「變心又不是什麼稀奇的事。」

「可是也會有前因後果啊！」

「我可要先聲明，是我甩了他的。」

知歌挺起胸說。

「妳是不爽貢什麼？」

「全都不爽。本來交往一部分也是孽緣的關係，可是就覺得不是結婚對象。所以就把他甩了，結果他馬上就跟沙羅湊在一起。感覺就是只要一起長大的誰都可以。」

男友變心、失戀的男人和另一個青梅竹馬在一起，這些都不稀奇。

然而，貢與沙羅的婚事還是有很多令蓮田不解之處。

「貢他家是做建築的吧。」

知歌的表情瞬間僵住。看來思考放射不是蓮田的專利。

「我昨天查了一下。『祝井建設』現在還開得好好的。我記得我們高中那時候，經營得很辛苦不是嗎？我還有印象，貢親口說搞不好會關門大吉。」

「熬過來了吧。」

語氣很刻意。

「他爸爸很有耐性。」

「而沙羅她爸是縣議會最大派閥之首，家裡本來就很有錢吧。會不會是靠沙羅她爸的金援熬過來的？」

酸酸甜甜的感傷生生被銅臭味打破。說起來不愉快卻很合理。

「刑警當一當，連將將的思考回路也變得這麼市儈？」

「不當刑警也會啊。想說是不是一種政治婚姻。」

「都什麼年代了。」

「會嗎。和錢扯上關係的事就沒有古今之分。沒錢的立場就是比有錢的弱。要是以提供資金作為交換條件，貢也只好答應去森見家入贅吧？森見家只有沙羅一個小孩，沙羅又不是當議員的料，不是嗎？」

「你就不覺得貢和沙羅性情相投？」

「論性情是妳和貢才契合。所以我聽到他們結婚很驚訝。」

蓮田控制著不讓語氣變得像平常的詢問，但對方的表情再度出現提防之色。

「我倒是沒想到會在這種情形下被迫說起以前談過的戀愛。」

「那，我說的是對？是錯？」

知歌深深望了蓮田一眼，但還是死了心般移開了視線。

「有句話說，惡魔也猜不透人心，聽過嗎？」

「我每天都有深刻的體會。」

被分派到搜查一課之後更是如此。

「這件事一查就知道，所以我直接就事論事了。貢入贅以後，『祝井建設』的確有了起色。之前一直摸不到的公共工程也接了很多，風向好像明顯地變了。」

蓮田這就明白了，還真的和公共工程有關。

公共工程採用競標制，乍看似是光明正大，但招標方有權決定競標資格。換句話說，若是都道府縣，決定權便在各地方行政首長和議會手中。森見議員身為縣議會最大派閥之首，要在競標資格中加入自己的意見自然是可能的。

「不過，這只是表象。」

知歌不忘強調。

「能夠拿到公共工程也是貢的爸爸努力的成果，沙羅的爸爸也沒有提供任何援助。這樣想健全得多。」

「是啊，很健全。健全得國中生聽到都覺得好笑。」

「你嘴巴很壞欸。」

「那，主角貢現在在做什麼？」

「……森見議員的秘書。」

縣議員的秘書並不是由國家負責人事費的公設秘書制，因此均視為私人秘書，報酬也不如公設秘書。但既然是女婿，報酬多少就不是重點。那等於是父母給孩子零用錢。

「秘書，所以果然是被當作森見議員的繼承人嘛。我就知道。」

「貢本人可是什麼都沒說。」

知歌立刻語帶辯解。

「不說這個了。被我甩掉的人娶了富家千金過著幸福快樂的生活。就這樣吧。」

又不是辦案，一直持續對方討厭的話題也沒有意義。蓮田果斷結束了這個話題。

接下來說的是「友＆愛」成立的主旨與工作人員的辛酸。每個非營利組織都大同小異，因為是非營利活動，就少不了員工有形無形的犧牲。

「薪水是比在醫院上班那時候高，可是工時更長，所以到頭來也不知道哪邊比較好。」

「不滿嗎？」

「應該算是無力感吧。本來是想幫助災民才開始的，現在搞不清楚到底能幫上多少忙。」

「會員都很感謝啊。老人家光是有個說話的對象就很開心吧？」

「因為受災而失去家人的老人家狀況不太一樣。他們絕對不會把我們當成自己的孩子或孫子。無論我們多關懷多體貼，孩子孫子都以最孝順貼心時的樣子一直活在他們心中。再怎麼努力都比不過死去的人。」

所以無力感是對死者的無力感嗎？

「雖然服務的時候都告訴自己那終究不是親人。可是遇到負責的會員自殺的時候，那一整天都會很沮喪。」

「妳負責的也有過？」

「兩個。一個是在臨時住宅，一個是搬去公營住宅以後。」

知歌無力地垂下頭。

「災後有一段時間是『蜜月期』，災民之間的連帶感很強，但到了『幻滅期』，能不能重新振作就會出現個人差異。再之後，到了臨時住宅結束服務開始搬進公營住宅的『重建期』，失去經濟支援和社群的人精神負擔就一下子變大。」

「自殺就是在這個時候發生嗎？」

「嗯。所以現在這個時期是最需要心理輔導的。震災七年了。東北之外的人都復興得差不多，也許都覺得震災已經是過去的事了，但災區的感覺卻完全不同。」

知歌的話聲裡是濃重的疲憊感。

「震災還沒有結束。」

因為交班的時間快到了，蓮田便告辭離開了事務所。知歌說什麼時候來都沒關係，但今後也應該考慮她的值班時間。

告別知歌後，蓮田還是覺得空空的。他問了好幾個問題，卻以沒有什麼收穫告終。蓮田很清楚這是為什麼。

因為自己和知歌保持距離。所以忍不住會把一些會傷人的、直接了當的問題壓下來。橫亙在兩人之間的，不僅僅是受災經驗的有無。

蓮田從來不曾對知歌本人說過，也不知道她是否曾察覺。

在知歌和貢交往之前，蓮田一直暗自把她放在心上。

霸凌知歌的幾個女生轉學的第二天，放學時難得只有蓮田和知歌兩人。在路上，知歌毫無預兆地開口：

「貢跟我告白了。」

「嗯。」

蓮田一顆心猛跳。

「我們決定在一起。」

得知貢的心意和這次騷動的始末，蓮田沒有任何站出來反對的理由。

應了一聲「是嗎」，之後便是沉默。

心中的種種情感，與腦中相反的兩種思緒形成漩渦，讓他無法判斷該說什麼才好。

最後要分別回家的時候，知歌腳下頓了一頓。

或許是等蓮田開口說話，也或許是一時興起。

那是幾秒，還是幾十秒呢？

最後知歌沒有回頭，直接說：

「走了，明天見。」

「嗯。明天見。」

但第二天和過去的每一天明顯不同。

時至今日，蓮田想起當時說的那些話仍伴隨著後悔與痛苦。

然而這並不是蓮田高中畢業後與其他三人疏遠的原因。往後，蓮田每次見到知歌都將是自揭瘡疤。

二、重建與利權

1

第二次的搜查會議在東雲的臭臉下展開。

上一次交代下來的搜查方針是繼續調查人際關係，篩選出與掛川有交集的人，以及查出凶手的逃走路徑。但無論是人際關係還是鑑識方面，派下來的工作都進展得不順利，拿不出讓東雲滿意的成果。搜查本部才成立不久，卻也無法否認辦案已有陷入膠著之感。也不知是不是蓮田想多了，只覺得在場的調查員也少了緊張感，取而代之的是沉悶感。

「犯案現場的空屋有沒有打過備鑰的行跡？」

鑑識課的兩角尷尬地站起來。

「鑰匙孔沒有被撬開或使用過不吻合的備鑰的行跡。」

「一次都沒有？」

「周邊拆除工程正在進行，鑰匙孔中累積了工程中產生的細微粉塵。無論是主鑰還是備鑰，只要使用過應該就會留下痕跡。但，完全沒有找到。殘存的只有機動搜查隊入室時的痕跡。」

「落地窗呢？上了鎖的兩個地方沒有被打開過的行跡嗎？」

「兩處的鎖都是有鎖芯的月牙鎖。如您所知，這類的鎖不以鑰匙打開，是轉不動的。經過分析，也沒有發現被動過手腳的痕跡。」

「換句話說，凶手不是從前門後門或是窗戶出去了？」

大概是對所謂的不可能的犯罪非常感冒，東雲毫不掩飾地露出厭惡的神情。

「您是要鑑識課推論嗎？」

「不。純粹是確認可能性。」

先說了一句「雖然離開的方法不明」作為前提，兩角開始說明一個令人深感興趣的新事實。

「吉野澤臨時住宅目前只有三戶住戶，都沒有車。但由於現場附近正進行拆除工程，常有卡車、重型機械、計程車等來來去去。鑑識將採集到的胎痕一一進行分析，發現其中一種與其他都不符合。請看資料。」

蓮田將發下來的資料翻到兩角指示的那一頁。出現的是胎紋的放大照。

「可以確定這是三道極粗的溝槽與一道較細的溝槽組合成的非對稱、無限定走向的胎紋。已查明與這種胎紋吻合的，是橫濱輪胎生產的『ADVAN Sport V105』。這款『ADVAN Sport V105』主要是用於賓士S Class、BMW X3這些高級進口車。因胎痕疊在建築機具的胎痕之上，應是近期來過。」

調查員之間傳出訝異之聲。只剩三戶的臨時住宅與高級進口車的組合的確很奇異。

「知道車種和製造年份嗎？」

輪胎的成分比率因製品而異。即使微量，只要留下了胎痕，應該就能利用氣相層析法分析出成分比率。然而，兩角接下來的回應並不如意。

「因胎痕是自沙地採集到的，現階段無法檢驗出輪胎的成分。」

「要解釋成這三戶有親人開高級進口車也不合理。人際關係有發現這樣的事實嗎？」

這個問題由蓮田作答。

「三戶我們都走訪過，沒有這樣的事實。」

若有開高級進口車的親人，在政府鼓勵遷入公營住宅時還繼續住在臨時住宅也沒有意義。蓮田的回答雖簡短，但所有調查員似乎都同意。

「可疑的高級進口車嗎？現場沒有監視攝影機真是扼腕啊。」

東雲遺憾地搖頭。

「高級進口車的存在的確突兀。雖不能斷定是嫌犯，鑑識還是要加緊查出車子的所有人。相關的周邊調查和人際關係調查也要繼續。以上。」

散會後調查員身上也感覺不到什麼霸氣。目前的現狀是，姑且不論分析作業堆積如山的鑑識課，被分配到其他調查的人都抓了個虛空似的存在感，所以說當然也是當然。

笘篠正專心看著建築平面圖。

「笘篠先生，這建築是……」

用不著笘篠回答。就是那個臨時住宅的平面圖。

「這個你是怎麼拿到的？該不會是從法務局吧？」

原則上不動產必須登記，而登記的建築物的平面圖便由法務局保管。然而，臨時住宅即使變成長期使用，最初還是以拆除為前提所建的建築物，因此不在此限。在法律上並非不可能，但聽說因為沒有好處，所以沒有人登記。

「保管平面圖的不止法務局。這是南三陸町公所發行的《災民支援應急住宅退居確認書》的一部分。平面圖是附件之一。」

聽了解釋會覺得原來如此，但能夠找出想要的資料，笘篠的嗅覺令人佩服。

「虧你能找到這種東西。」

「有心要找，大多都能找到。」

臨時住宅的平面圖上以小字寫了註記。都是笘篠四四方方的字，看來是看著平面圖寫上去的。

「雖然早就知道了，組合屋因為很多部件都是在工廠事先做好的，事後要動手腳還真是不容易。」

「笘篠先生是打算看平面圖來破解密室嗎？」

「屋頂夾層、牆的內側、地板底下。我是想，在現場看不到的地方會不會有活路。」

「組合屋說起來，其實就是把幾個箱子接起來的房子啊。」

「前後門和落地窗都從內部上了鎖，採光窗是封死的。沒有從出口出入，就只能從地板和牆壁做手腳，卻也沒有那個痕跡。所謂的死巷就是這樣吧。」

「乾脆把整個屋頂抬起來呢？」

「你看過組合屋的拆除作業嗎？」

蓮田搖頭。

無論是私生活還是辦案，他都沒有看過這樣的情景。

「我也沒有。但可以想像得到是與組合完全相反的工程。屋頂是最後裝上的，這應該是唯一的工法。」

「應該吧。」

「組合屋的拆除順序在網路上一搜就能知道大概。一些簡陋得像塑膠模型的一體成型式的就不用說了，臨時住宅的屋頂是十幾片屋頂板材構成的。第一步就是拆這些屋頂板材，拆掉用來固定的螺絲之後，必須用鐵撬把設置部分撬開。聽起來很簡單，但靠人力耗時又耗工，所以一般都是用重型機具。」

「現場因為在進行拆除工程，也停放了部分重型機具。」

「啟動重型機具需要鑰匙，不說別的，在晚間八點到十點啟動，附近三戶不可能沒聽到。主意是很妙，可惜沒用。」

笘篠一手玩筆，一邊懊惱地看著平面圖。難道竟是對解謎格外有興趣嗎？蓮田這麼想，盯著笘篠直看，笘篠便投以抗議的眼神。

「你以為我喜歡搞這個？」

「啊，沒有。」

「我是不討厭破解推理小說的詭計，但現實中的案子跟小說是兩回事，簡直像被凶手耍著玩，讓人煩躁。我不是管理官，就算找齊了狀況證據能起訴了，還是不夠。我也想對那種嗤笑警察毫無頭緒茫然奔走的人報一箭之仇。」

聲音並不高，但低聲說來反而更聽得出他的憤怒。

笘篠不是聞一知十，而是會一一親身確認其他那九項的人。比那種斜躺在安樂椅上自得地推理的人更值得信賴。破解密室方面蓮田想全部交給笘篠。
「凶手的逃走路徑請讓我全權交給笘篠先生。」
「全權交給我，然後你打算自己單獨行動？」
「有些話不單獨行動問不出來。」
「你朋友嗎。和案子有關？」
「現在還不知道。」
一起長大的朋友，剛好照顧犯案現場附近的居民。與死者之間的交集薄弱，也想不出行凶動機。但，蓮田不打算放過。
「我想查個清楚。」
還以為笘篠的臉色不會好看，沒想到竟然出乎意料，笘篠爽快點頭。
「我們的工作就是把可能性一個個查清楚。你就查到你滿意為止吧。」
「謝謝。」
「那，你到底要去哪裡？」
「南三陸町公所。我有事想再問一下建設課課長補佐鶴見圭以子。」

笘篠抬起一隻手表示知道了。

「今天你一個人啊。」

一看蓮田單獨出現，鶴見不知為何一副鬆了一口氣的樣子。

「搜查一課經常人手不足。」

「真巧。其實我們課也是慢性人手不足。尤其是失去掛川先生之後更嚴重了。」

「不補人嗎？」

「土木科這個部門，不僅要與業者交涉，也負責與在地居民協調。不熟練會成為糾紛的源頭，並不是單純的有人就好。當然是必須從頭開始栽培新人。」

「聽起來，少了掛川先生空缺很大啊。」

「目前是由我兼任，馬上就忙得暈頭轉向了。」

仔細觀察鶴見，臉上的疲倦的確隱約可見。只是分不出那是肉體上的，還是精神上的。

「今天來拜訪，是想聽聽鶴見小姐的解釋。」

「上次的還不夠嗎？」
「有很多事情常常都是事後才想起來的。」
「那麼，換個安靜的地方吧。」
被帶到會客室，蓮田與鶴見相對而坐。鶴見不見緊張，她的從容多半是因為在自己的地盤上迎敵，但蓮田完全沒有手下留情的打算。
「掛川先生走了出現很大的空洞，是因為他很擅長交涉嗎？」
「確實如此。」
鶴見喝了一口自己泡來的茶後說。
「交涉這件事，不僅要口齒伶俐，人品也很重要。在搬出臨時住宅這件事上，要說服經濟上和心理上都有所排斥的災民，最終也最重要的，是負責人的誠意。」
災民當中也有人不願意搬進公營住宅。除了經濟上的原因，也有人是因為不願意離開住習慣的地方。把「誠意」掛在嘴上，作為他們半強迫地說服這些人的免罪符？從知歌那裡聽說了公營住宅入住者的實情後，蓮田不免持懷疑的看法。
「掛川先生是毫無怨言默默工作，所謂埋頭苦幹型的人吧？」

「是啊。非常可靠。」

「所以反過來說，他的工作如果不是毫無怨言、默默工作的人做不來？」

「這樣的說法聽起來很不客氣。」

「抱歉。其實，我也和還沒搬走的三戶談過了。他們各有各的原因，而無法決定搬進公營住宅。其中，也有人明白拒絕。」

「俗話說金窩銀窩不如自己的狗窩，一旦遇到那麼嚴重的災害，老人家就會很討厭生活上的變化。」

「但掛川先生還是頻繁地去說服。」

「因為那是工作。」

「我無法理解的是，為什麼要這麼急切地催災民搬進公營住宅。公營住宅已經完工了，入住條件也規定好了，因災害失去房子的人家當然享有優先權。既然如此，有什麼必要非那麼趕不可？何不等剩下的三戶能夠接受了再搬遷？」

「遷入公營住宅是按照計畫進行的。凡是計畫，都是設有期限的。」

這還用說嗎？

「我想也是。但不顧本人意願強勢催逼，到底是不是正當的行政，想必人們會有不同的看法。」

「你好像有很多意見。」

「沒有讓臨時住宅暫時存在的選項嗎？」

「因為是『臨時設置』，所以才是臨時住宅。臨時住宅沒有一般住宅的永續性。我們不能讓民眾一直住在那樣的建築物裡。搬遷計畫完全是基於災民至上的政策。」

「組合屋沒有永續性，這個我同意。但我聽說最近的組合屋兼具耐震與耐用。既然是災民至上，我以為符合他們的期望才是最好的。」

「凡是民眾的期望都要實現，那不是行政，那叫民粹。」

鶴見的說詞開始有點歪了，她本人注意到了嗎？

「要是臨時住宅一直留在吉野澤，會有什麼不便嗎？」

「沒有。但既然是根據計畫所建的臨時住宅，當然要依照計畫拆除。」

「剛才妳說，說服在經濟上和心理上都有所排斥的災民，最後也最重要的是負責人的誠意。但是，即使如那位掛川先生，要讓那三戶離開也有困難。掛川先生會不會，拿出了誠意之後的最後手段？」

「誠意之後有什麼？」

「能有效讓人展開行動的東西啊。很多，例如金錢，例如暴力。所以才會遭人怨恨，最後喪命。」

「你也未免太失禮了。」

鶴見臉色變了。

「建設課沒有多餘的預算，而且沒有人比掛川先生離暴力更遠的。」

「我也許是失禮了。這一點我道歉。」

面對有些激動的鶴見，蓮田是自制的。即使激怒對方，自己也不失平常心。這是與笘篠搭檔後學會的本事之一。

「妳對掛川先生評價很高呢。」

「不止我一個人這麼想，而且像掛川先生那樣的人本來就值得全面信賴。」

「聽妳和掛川先生的妹妹說的，可以想像掛川先生生前的為人。一定是個難得的人才。一個會將鶴見小姐以及公所的意思確實執行的、方便的好工具。」

「這話就太過分了。」

「那麼鶴見小姐，妳對掛川先生的評價，就只是一個無比認真、討厭出風頭的好人嗎？」

「他是一個值得尊敬的人。」

「一個值得尊敬的人，偏偏被人發現死在自己負責的臨時住宅裡。再怎麼想，都應該是因公遇害。」

鶴見驟然住了口。

要搶攻就趁現在。

「十有八九，他是因為工作上的糾紛被殺的。他明明是個認真的好人。若是這樣，鶴見小姐妳難道不是也有責任嗎？妳不認為掛川先生是因為遵從妳的指示行事才遇害的嗎？」

「……太過分了。」

鶴見臉上的上司面具眼看就要被揭開了。

對，露出妳的真面目吧！

從知歌的話，感覺得出建設課急著要人遷入公營住宅，這讓蓮田覺得奇怪。然而，從正前切入，組織的中間管理階層不可能會說出事實。於是他才想到要激發鶴見的罪惡感。斷定鶴見的罪是有些殘酷，但為了辦案也沒辦法。

果然，鶴見一副在歸屬意識與個人情感間掙扎的樣子。蓮田心懷期待，看著她會如何。

「從剛才聽到現在，那全都是刑警先生的印象吧？」

結果，看來是職業意識勝了，鶴見又回到上司的面孔。

「掛川先生的死很令人難過，但將責任轉嫁到我或公所令人困擾，而且也沒有發現能夠轉嫁的客觀事實。」

鶴見以令人感覺不到溫度的視線看著蓮田。

「掛川先生為何遇害，我不是警察我不知道。我也不會說出我的個人推論，否則只會傷害他本人和他家人的心。」

「課長補佐這個頭銜讓人連個人感傷都不敢說嗎？」

「那不是該在職場說的內容。」

蓮田心想，不妙。

像鶴見這種歸屬意識強的人，一旦決定選擇歸屬意識就很難讓她改變主意。因為她會產生她獨自背負整個組織的自我陶醉。

這種時候，笘篠都是怎麼應對的？

有那麼一瞬間，蓮田感到不安，但不足以令他鳴金收兵。

「鶴見小姐。掛川先生的妹妹這下變成孤單一人了。她在震災中失去雙親，現在又失去哥哥。妳不想對她的遺憾有所幫助嗎？」

「我能為掛川妹妹做的，頂多就是勸她節哀和將死亡撫恤金交給她而已。」

鶴見正面注視蓮田。

「這樣說不太好聽，但失去家人的不是只有她。我也在震災中失去了雙親和弟弟。」

這下換蓮田感到棘手了。

「你，在震災發生當下時在哪裡？」

「縣警本部所在的仙台。」

「家人都平安？」

「託福。」

「那真是太好了。」

話語柔和，她的眼中卻毫無笑意。

「南三陸有很多人都失去了家人。我沒有跟別人比不幸的意思，但並不是只有掛川先生的妹妹特別不幸。這裡是公所，震災剛發生時，我們處理了數不清的死亡。搜尋遺體、確認身分、向家屬說明、災害慰問金給付手續。身為公所的職員，我沒有理由只偏幫她。」

這樣的說詞在一些人耳裡聽來或許冷酷，但蓮田無言以對。

可惡，又來了。

對方雖然說不是要跟別人比不幸，但一個沒有遭逢不幸的人立場就是相對薄弱。

「我再強調一次，我完全想不出掛川先生遇害的理由。就算有，我也認為和南三陸町公所沒有任何關係。」

一副油鹽不進的樣子。再繼續發動攻勢，只怕也討不了好。

「我會再來的。謝謝妳配合辦案。」

「無論再來多少次，你也只會聽到同樣的話。」

「不到時候誰知道呢。」

蓮田轉身直接走出會客室。想起沒有打聲招呼就走，但也不想再折回去了。

他被自己的沒用氣得想吐。大發豪語單獨行動落得這麼個結果。一心以為容易搞定的鶴見卻意外地難對付也是敗因之一。

自己還太嫩了。要讓人說實話的決心還不夠。因為不夠，就會退縮。一知道對方是災民攻勢就放軟了。

「震災剛發生時處理過數不清的死亡。」

「我沒有理由只偏幫她。」

鶴見這些話很重，只有曾經失去的人才有資格說。

然而，蓮田搖著頭想，把失去家人和死亡視為理所當然，看得這麼開，是人之常情，還是執著？

談論生命的重量，是曾經失去的人才有資格擁有的權利嗎？

總之，這一回合沒有任何收穫。只能重新來過。

方向應該是沒有錯的。從鶴見的反應也看得出來，建設課及南三陸町公所想推動搬遷計畫。問題是，知道其中真偽的人心裡是否有數。

忽然間，心頭浮現貢和沙羅的臉。沙羅的父親是縣議員，貢擔任他的秘書。若遷入公營住宅是南三町的重點宣導政策，他知道一些內情也不足為奇。

然而，蓮田對與貢碰面頗為排斥。若是笘篠知道了肯定會說他公私不分，但現在去見了，他也沒有把握貢會不會爽快答應配合辦案。

因為蓮田對貢有抹不去的歉疚。

2

二〇〇三年，將悟他們上了高三。因為各人對將來的規劃不同，大學的志願也不同，從懂事以來便玩在一起的四人也即將迎來離別的一刻。

明知道再過幾個月就要各奔東西，四人的日常依舊沒有多少變化。雖為了考試各自努力，但他們都有默契，聚在一起的時候一概絕口不提。

將悟認為，會這樣一定是因為害怕面對現實。雖然會覺得大家又不是小學生了，但至今如同手足一般長大，天天見面的日子即將不再，他還是無法全盤接受。

日子有苦有樂，但也挺自在。

「唷，你知道寬限期嗎？」

走在前面的貢突然問起，將悟一時答不上來。

「好像有聽過。」

「本來的意思是，政府給的延期履行期限。好比說因為發生戰爭，雖然法律規定要償還債務，但當天履行的話會產生混亂，所以間隔一段時間再履行。從那裡衍生出來，就是在變成大人的寬限期。叫小鬼頭一夜之間成為社會人，他們也只會不知所措，就給一段時間。因為是延後出社會，所以也有人認為上大學的期間就是這個寬限期。」

「這麼說，大學這段時間就是用來玩的啊。」

要考護理師專科學校的知歌羨慕地說。將悟也不清楚，但護理師學校大概沒時間玩吧。而且，這句話大概也有意調侃其他三個上大學的。

「我倒是覺得，上大學不只是玩。」

沙羅有點不高興地反駁。看來她是對貢和知歌形影不離感到不滿。沙羅自以為掩飾得很好，但將悟心知肚明。

「不好好用功，就會被唸學分、成績什麼的。」

「沙羅家是一定的嘛。妳爸感覺就很嚴。這方面，我家就很鬆。護理師學校的助學貸款減免額好像滿多的，光這樣他們就OK了。」

「幫忙付學費的父母要是聽到大學生活是寬限期，一定叫我們不要鬧了。」

將悟回想著父親的面孔這麼說。父親贊成他上大學，但不可能允許他成績不好，更別說留級了。上大學是很好，但要是以為是什麼寬限期樂昏頭，肯定會有意想不到的報應。

「將悟家老爸也很嚴嘛。」

「你家呢？」

「我家的囉嗦也有過之而無不及。說什麼以後的建築業要講究學歷，什麼都要管。連上哪家大學都要管，我都默默無視。」

貢的成績在班上向來是名列前茅。模擬考的結果志願大學也都十拿九穩。他父親竟然會管倒是令人意外。

「不過咧，上個月開始就變得很安靜，我現在就放心多了。」

「說服你爸了？」

「他現在每天都很晚回來，沒機會管兒子的升學。」

聽起來像是為父親不在家高興。

「每天晚上，可是公司也會有假日啊？」

「就是每天晚上。不管假日還是公休都是三更半夜才回來。好像是應酬吧？我爸酒量還滿好的。」

「我知道。小學家長會餐會，除了你爸所有人都醉到隔天沒辦法上班。」

貢的父親祝井健造是白手起家，將一家工務店經營到員工超過百人的建築公司，是個勵志人物。雖儼然地方名人，但對幼稚園就出入祝井家的將悟他們而言，就只是一個「大方的叔叔」。

「那個酒桶，不知是因為每晚都喝酒應酬，還是因為年紀大了，回家以後還是要醉到中午。所以我樂得不用見他。」

「想一想，那樣也很累喔。」

「要是沒有強健的肝臟就不能搞建築，那就恕我不繼承了。我也討厭應酬。而且家裡時不時就會有些三教九流的客人。」

的確很難想像貢看客戶臉色的樣子。雖然勉強可以想像他當被接待的人，但在那些想像中，貢也是一張臭臉。他討厭拍別人馬屁，也討厭別人拍他馬屁，所以將悟再怎麼想像都是那麼一個情景。

「要比這個，將悟爸搞不好還好一點。至少工作不用擔心肝臟。」

「對啊。」

一個儘管不是吃公家飯，一般也認為與應酬無緣的職業。

將悟的父親慎太郎是地方報紙的記者。

當晚，慎太郎回來得比平常早。

「不知道有幾個月沒有在九點之前回來了。」

慎太郎一放下包包，便來到餐桌前。聽他這麼一說，將悟才發現這幾年甚至沒有一家人同桌吃飯。

母親也就座，於是一家團聚了，但母親本來就沉默寡言，不久廚房裡就只聽見各自的咀嚼聲。

「學校那邊怎麼樣？」

慎太郎看不下去，問道。顯然是試圖以對話來拉近平常疏遠的父子關係。

本來慎太郎贊成將悟念大學，就是為了想讓兒子也當新聞記者。雖然沒有明白說出口，但將悟感覺得出來。將悟本人完全沒有興趣，只想拿到大學文憑。

父親的一時興起他懶得奉陪，便想早早結束談話。

「媽媽親手做的菜，我想專心吃。」

「吃飯的時候也需要聊天啊。」

「難道爸在公司吃中飯的時候也會聊嗎？」

「對啊，一定有人說話。那是聽到上司、同事真心話的絕佳機會。」

父親說在他們公司向來都是一群固定的人一起去同一家餐廳吃飯。將悟暗自吐槽這麼大年紀午飯都不會自己吃，父親卻一點都不在意。

「一個人吃午飯也沒意思。」

竟然會怕被別人看見自己一個人吃飯，又不是小學生！將悟認真不想變成那麼窩囊的大人。

「別把家裡跟公司混為一談。」

「無論哪個人家，一家人一起吃飯的時候也會聊天啊。」

將悟忍不住想轉移話題。

「也不見得。聽說貢他爸最近都半夜才回家。」

「哦，那位健造兄嗎。是和員工一起喝？」

「不是，說是應酬。因為每晚都喝，連祝井叔叔都醉到中午。」

「哦。」

將悟與慎太郎的對話就到此結束。

將悟忘得一乾二淨，但當時的對話後來讓他後悔不已。

事情是在十二月才被報導出來。

「縣議員疑收賄」

慎太郎的報社的頭版新聞，文中報導了宮城縣議會最大派閥的領袖吳竹縣議員將公共工程競標的內容洩露給地方業者。全國報和其他報社一句也沒提，堪稱地方報罕見的獨家新聞。

平常的話，這是則事不關己的新聞，但對將悟來說，有三個問題他無法忽視。其一是這則獨家是慎太郎挖出來的，其二是報導有慎太郎的署名，最後是行賄的業者是「祝井建設」。

報導的內容固然載明了相關人士，也鉅細靡遺地記述了行賄收賄的事實。看得出是鍥而不捨地調查了相當長的時間。實際上，事後確認了將悟才知道，慎太郎自從盯上這條線便連家也很少回，一直在「祝井建設」和吳竹縣議員周邊打探。

據母親說，當時慎太郎工作遇到瓶頸。縱使是當地主要報紙，自己卻是在分社上班，只能寫南三陸町有限的報導。午飯時也跟著上司同事，是因為害怕自己身為記者的實力還不為人知便被埋沒了。

因吳竹縣議員收賄的獨家報導，慎太郎的評價丕變。分社就不用說了，連本社也讚賞有加，據說還入圍了特別獎。有種過去開在暗處不起眼的小花一夜之間備受注目之感，連慎太郎本人也顯得不知所措。

然而，一個人的幸福也是另一個人的不幸。也有人因為慎太郎的獨家報導被推入深淵。

其中一人是收賄的吳竹縣議員。被獨家報導搶先一步的宮城縣警以披髮纓冠之勢趕到吳竹議員的辦事處，收押了幾十個紙箱的證物。被區區一地方報挖出不在注意對象內的經濟事件，失了顏面的縣警將怒氣直接轉化為對吳竹議員的究責。吳竹議員也試過抵抗，但被收押了證明收賄事實的物證如山之多，讓他連哼都不敢哼一聲。一審二審均判決有罪，結果依刑法第一九七條第一項單純收賄判處四年有期徒刑。

這件事還有後續，縣議會最大派閥的領袖遭到逮捕、送檢，跟著上臺的便是沙羅的父親森見善之助。換句話說，將悟的父親無意間送了好處給沙羅的父親。

飽嘗辛酸的另一個人，不用說，自然是祝井健造。他也被查扣了許多行賄的證據，沒有反駁的餘地。祝井也奮戰到二審，被判了兩年四個月的徒刑。

本來行賄方的罰則就比收賄方輕，相對於吳竹議員的四年徒刑，祝井的兩年四個月感覺上少很多。然而，民間企業一旦失去信用，要重建極為困難。生意當然銳減，健造收監期間，員工少了一半。服完刑出獄後，健造率先埋頭苦幹，為重拾過去的業績投注無數心力，操勞得頭髮全白。

而另一個遭受池魚之殃的不是別人，正是將悟。

吳竹議員和祝井健造遭到逮捕的第二天，將悟就被叫出去。被叫去的地點是附近的森林，他就有不好的預感了。

「我做夢也沒想到會被將悟爸獨家報導。」

將悟心想就算要報，好歹也別記名，但這都是馬後炮了。

「那個……抱歉。」

「你沒有必要道歉。你爸是做他的工作，我也知道和將悟無關。」

「是嗎。」

「可是，別再靠近我家了。」

貢的語氣和平常一樣冷靜，但這樣反而更傷人。

「就算跟兒子無關，我媽我妹也絕不會歡迎你。不只不歡迎，還會在門口撒鹽。」

「我知道了。」

「我也不能和以前一樣。」

「不是和兒子無關嗎？」

「道理是道理，感情是感情。現在我爸被警察帶走，要是被判有罪，你知道我家會怎樣嗎？」

貢的話忽然尖銳起來。

「我隱約知道我爸拚命想拿到公共工程。畢竟現在民間工程減少，我們公司也是被壓得喘不過氣來。我想我爸連日應酬的人十有八九是吳竹議員和他那群人。昨晚我逼問我媽，接待他們的費用總額非常驚人。是借錢籌出來的。」

「借錢……」

「我想我家的情況就是那麼窘迫。如果只是以前的工務店就算了，現在卻是個有百名員工的公司，必須養員工和他們家人。我爸也是拚了命了。」

聽著聽著，心口越來越悶。

「我查過了。行賄罪法定罰責是三年以下徒刑或二百五十萬以下的罰金。起訴以後會怎麼審不知道，但我們本來就一身債，也付不起罰金。我爸要是被判了三年徒刑，公司就必倒無疑。順便說一聲，我的升學就業也要重新評估了。」

貢露出諷刺的笑容。臉上是將悟前所未見的悲愴。

「將悟沒有任何責任。我腦子裡是明白的。但看著你，我就想把你揍到臉變形。」

那一刻，將悟心裡想的是我願意挨揍。

他們從小就常因小事大打出手。他知道對方的力氣有多大，挨揍有多痛。若是挨揍就能讓貢出氣，那根本不算什麼。

「可是我不揍你。」

「為什麼？」

「揍一個不是直接加害者的人有違我的道義。事情也不是把你的臉打到變形就能算了的。」

「那你是要我怎樣？」

「就像剛才說的，別靠近我，也別靠近我家。」

「……以後，永遠嗎？」

「我也一樣想回到從前，但我不知道那會是什麼時候。我想沒有人知道。」

說完，貢便轉身走出森林。

只留下愣怔了的將悟一個人。

事件被報導出來以後，知歌和沙羅也都和貢站在一起，於是將悟自然而然便與三人拉開了距離。

就這樣，十二月轉眼過去，新的一年來到，拿下新年裝飾的時候，便已不由分說地進入考季。

正是此時，將悟聽慎太郎說起一件無比厭惡的事。

「我要調到仙台本社去了。」

一聽之下，原來是在得社長獎的同時，也收到人事命令。

「得社長獎的必定升官對吧。」

母親高興得像自己得獎晉升一樣。他們一家現在的住處是向公司租的宿舍，全家人一起過去完全不成問題。將悟的志願大學也在仙台市內，一切都正好。

「這樣等將悟考上就可以從家裡通學了。」

「讓他自己住外面也沒關係。說起來，這次的獨家還是多虧了將悟。」

「這什麼意思？」

聽到慎太郎的回答，將悟為之愕然。

原來，慎太郎能挖出祝井健造行賄，是因為聽了將悟的話。「健造每晚都忙著應酬接待」。明眼人都看得出「祝井建設」營運狀況不佳，在這種時期日日忙著應酬背後肯定有鬼。

慎太郎因而緊盯健造，得知他與吳竹議員頻繁接觸。吳竹議員對縣內的公共工程具有不為人知的影響力，另一邊的祝井健造則是渴求大生意的建築業者。如此一來，兩人碰面的目的只有一個。

於是慎太郎掌握了健造流向吳竹議員的金錢，弄到收據的影本等等，拿到了獨家新聞。

「你的閒聊幫了忙。」

一聽這話，將悟只覺得一陣猛烈的反胃。

開什麼玩笑。

這麼說，自己才是害祝井家和「祝井建設」陷入絕境的元凶？

「王八蛋！」

將悟吐出這個詞，逃也似地跑進自己的房間。

老爸這個王八蛋。

我這個王八蛋。

早知如此，就該被貢狠狠揍一頓。要是臉變了形，也許能減少一點罪惡感。

事到如今，叫他有什麼臉見貢？貢叫他暫時不要靠近的話是很無情，但反過來說也求之不得。

第三學期開始了，但大家都忙著備考，將悟甚至沒有與另外三人說上一句話。自從知道獨家新聞的來源是自己，將悟就避不見面。家裡也開始準備搬家，甚至連個能靜下心來的地方都沒有。

神奇的是，儘管心情差得不能再差，考試方面他卻有了超實力的發揮。將悟如願考上志願大學，隨著慎太郎的調職離開了他生長的南三陸町。

聽別人說他們三個在升學就業上也各自如願，將悟卻不敢去問，最後連句告別的話都沒說。

一家人移居仙台市，將悟卻決定自己搬出去，租了公寓。他從沒說過，但心裡想的卻是與父親同住不如睡公園。

與一起長大的好友和家人訣別的生活雖然孤單，卻也輕鬆。不久在校內結交了好友，南三陸町的事成為微苦的記憶沉睡在意識底端。

直到二〇一一年三月十一日的十四點四十六分，記憶被敲醒。

人在宮城縣警本部的蓮田遇到了突如其來的巨大震動。

在緩慢的搖晃之後，讓人連站都站不住的橫向震動持續了好久好久。天花板的日光燈搖得一副要斷掉的樣子，鐵櫃的門都被震開了，辦公桌上的用品和文件幾乎都被震飛，最後連鐵櫃都倒了。地震警報響得震耳欲聾，讓人嚇得以為要天翻地覆了。感覺好像搖了十分鐘，實際上只有三分鐘左右。

調查災情。

在組長的指示下確認四周的人的受災程度後，打開辦公室的電視。

蓮田懷疑自己看錯了。

地震對建築物造成的破壞就不用說了，侵襲東日本沿岸的海嘯災情更是嚴重得令人難以置信。

「這是什麼……」

不知是誰的低語說出了在場所有人的心聲。

海不再是波浪，而是化為巨大的水牆侵襲沿岸的街道。本應在海上的船隻流到馬路上，車輛像玩具般在水面飄浮。最後海嘯淹沒建築物的一樓，連地基一併沖走。麥克風收錄到的聲響裡，激流聲與崩塌聲中，確實夾雜著尖叫聲。

上層准許他們確認親人安危，蓮田便打電話回仙台市內的家中。首先確認了母親平安。據母親說，慎太郎也來電報平安，所以父親也沒事。

播出各地災情的電視螢幕上，終究揭露了南三陸町歌津地區的慘狀。

『海嘯來襲，請民眾務必遠離海岸。』

市區的廣播不斷播報警語。然而來自大海的黑色海浪已經跨越第一防波堤，吞沒了住宅區。不知是水煙還是土煙的煙自海浪間升起，其中唯有海鷗的叫聲顯得格外清晰。

下一秒，蓮田差點腿軟。

攝影機特寫的是他熟悉的歌津大橋。東西向的歌津大橋的位置高於住宅的二樓。然而那裡卻出現了令人難以置信的光景。從海岬的另一邊繞進來的海浪沿著歌津交流道沖到橋上。住宅區遭到上下夾攻，不堪一擊。電線杆被掃平，不久建築物也被摧毀。緊接著橋本身也消失在海浪底下。

「往山上走！」

「去小學！去公民館！」

然而，離岸的海浪比上岸的更凶暴，將已被上岸的海浪破壞的建築連根拔起，帶回海裡。

蓮田死盯著螢幕，雙手撐在辦公桌上支撐全身。否則他可能會全身無力癱在地上。

縣警內部的災後整理作業與引導災民的日子開始了。同事中失去家人的人也不少，他們忍痛投身公務的身影令人鼻酸。同時也因為自己沒有失去任何家人財產而深為內疚。

他很擔心呈毀滅狀態的南三陸町的狀況。已確認身分的死者資料是由警方統整。蓮田連日查看紀錄，確定沒有三人的名字才放下心頭的大石。然而，貢的母親和妹妹、知歌的父母、沙羅的母親都永遠也不會回來了。

本想聯絡三人卻又打消了主意。他不知道該說什麼來安慰他們。不，連他們願不願意接受自己的哀悼之意都是疑問。

追悼與確認災情、災民的引導與整理、與各行政單位的聯絡、清除瓦礫殘骸。其間還發生大大小小的案件，蓮田他們也是不分晝夜不斷工作。

最後他還是沒有與留在南三陸町的三人聯絡。

3

「我很困擾啊，大原小姐。」

皆本老人在三十分鐘前來電。多半是有人就在旁邊，連求援的語氣都顯得有些含蓄。他是個大白天就酗酒的老人，正因如此，意志沒有那麼堅強。再加上失去了家和家人，知歌懷疑這使得他的那種傾向更加顯著。

初次見面時，她以為皆本老人的個性非常易怒，但聊著聊著，她明白了那是來自寂寞的反彈。依知歌的看法，單身又酗酒的人大多都很膽小。

一抵達吉野澤臨時住宅，便看到一輛眼生的車。車門上龍飛鳳舞地寫了「握手之誼」的法人名。

一走進皆本家，果然已經有客人了。

「妳哪位？」

以毫不客氣的視線看向知歌的，是一個四十多歲的男子。

「我是負責皆本先生的『友&愛』的大原。」

「『友&愛』是什麼公司？」

「是非營利組織。提供災民全方位的照護服務。」

「巧了。我們也是非營利組織。我是『握手之誼』的板台。」

一聽到法人的名稱，知歌立刻提高警覺。

「請問您找皆本先生有什麼事？如果是照護服務的話，一直都是我們在做。」

「遷入災害公營住宅的輔導也在服務內容之內嗎？」

「沒有特別輔導。」

「既然如此，那我們大可分棲共存。我們是以災民為尊，為災民規劃更好的住宅、更好的未來的團體。」

板台的口條簡直形同推銷員，實在不像是非營利組織的職員。為了確認事情的原委，知歌轉而面向皆本老人。

「皆本先生想搬去公營住宅嗎？上次您一句都沒提。」

「我當然不想啊。」

皆本老人以賭氣般的聲音向知歌求助。話雖然冷冷的，但聽得出在知歌來到之前被人糾纏苦勸。

「當事人是這麼說的。」

「當事人當然要哭訴啊。畢竟老人家都討厭變化。可是總不能一直住在臨時住宅。決定得越晚，住宅的條件就越差。就算多少會忽略當事人的意思還是應該要搬遷，結果對當事人才是幸福的。」

「總之，現在請您先離開。」

知歌努力冷靜地說。

「無論您那邊是什麼樣的活動內容，違反當事人的意願單方面要人家接受，只不過是強迫。這難道不是觸犯了非營利組織的違反義務嗎？」

板台的表情一下子僵了。當認定法人發生違反義務的情形，當地主管機關得以撤銷設立登記。這是非營利組織最嚴重的處分。

「違反義務嗎？看樣子我們雙方的認知有相當的差距。」

板台毫不客氣地抓住知歌的手。

「有必要加深一下彼此的理解。」

這是兜圈子的說法，翻譯成白話就是「出去談」。

「皆本先生，我們先出去一下。」

知歌跟著板台一起來到外面。就算主張再怎麼正當，她也不想在皆本面前口出惡言。

在建築機械的運作聲中，板台的口氣與剛才截然不同，變得很粗魯。

「大原小姐是吧。能不能不要礙我的事？」

就口音聽起來，不像東北的人。

「沒有什麼礙不礙事可言，問題是你們強迫皆本先生做他不願意做的事。」

「可是，搬進災害公營住宅和拆除臨時住宅明明是既定事項。我剛才也說了，只能先別管當事人的心情把事情辦了，不然不止當事人有麻煩，相關各單位全部都很麻煩。」

「那樣真的是為皆本先生著想嗎？」

「我不是說了嗎，和本人的意願無關。」

板台以一副事到如今還有什麼好說的語氣嗤笑知歌。

「遵守行政決定是國民的義務。」

「就算是，也應該是努力溝通到本人同意為止才是合理。」

「什麼都要講理，事情都不用做了。」

「對你們來說大概是吧。」

知歌毫不留情地諷刺，但不知道板台有沒有聽出來。雖然不知道，她就是忍不住不說。

「握手之誼」的惡名不僅傳遍宮城縣內，在業界也是人盡皆知，但直接見到職員卻是頭一回。

聽說非營利組織「握手之誼」成立於阪神・淡路大震災後。當初的創始人是在災區意氣相投的有志之士，但當時就風評不佳。

救災志工除了「自給自足」、「自我管理」、「關懷災區災民」、「尊重多樣性」這四點，還要求專業。例如：有醫學方面的知識或照護相關的技能，以及有無現場處理的能力。能否對傷患進行最適當的處置、能否給予精神不穩定的災民適當的心理輔導、能否有效率地整理滿地瓦礫的災難現場。換言之，若是沒有專業知識、沒有體力也不懂要領的外行人，即使進入災區也只會礙手礙腳，坦白說就是麻煩。

然而，「握手之誼」裡沒有一個人具有援助災民的專業技術。不僅如此，還只會妨礙災民和其他志工。

例如：沒準備完整裝備便踏入災區，因散亂的碎玻璃和瓦礫受傷，搶在災民前看醫生。

和合得來的義工開起營火晚會，事後甚至不收拾。

在災區要求免費的住宿和餐點。

上傳義工日記的影片，點閱得到的廣告費全數據為己有。

一到現場就自以為名嘴批評起政府方針，自行下達指令造成當地工作人員的混亂。

外行人集團造訪災區有百害無一利。什麼人生經驗豐富、什麼社會地位崇高都沒有任何意義。知歌本身曾是災民因此很清楚，沒有技術卻想前往現場的義工很多都是愛出風頭以英雄自居，不然就是渴求肯定卻不知人間疾苦的小天真。言行舉止無不上演幻想著自己是主角的戲碼，硬要掌管現場。而且，這種麻煩精往往不會自備糧食和寢具，反而搶災區的資源。一個分不清東西南北搞不清狀況的人事後才跑來居高臨下地指手畫腳的情景本來就已經夠難看了，本人卻毫無自覺。

「握手之誼」從成立起便飽受如此批評。換個說法就是成立都超過二十年卻完全沒有長進。在業界名聲差不說，來自相關各地的投訴指責不斷卻依然故我就已經夠驚人了，容許「握手之誼」繼續存在的政府主管單位也令人傻眼。

要撤銷非營利組織的登記必須符合以下條件：

1. 認定其透過偽造及其他非法手段取得登記、特例登記、登記有效期間之更新或合併時。
2. 無正當理由不遵守主管單位或主管單位以外之相關首長所下達之命令時。
3. 非營利組織等申請撤銷登記或特例登記時。

所以也可以說，「握手之誼」巧妙地避開了前述條件。

這個很有問題的非營利組織企圖接近皆本老人的目的是什麼？

「聽皆本先生的語氣，我不相信是他主動找『握手之誼』幫忙的。」

「找出隱性需求也是非營利組織的工作。」

「恕我失禮，那是營利組織的口頭禪吧？」

「在滿足需求這一點上，營利組織和非營利組織都是一樣的。」

這話簡直把知歌當白痴。

「說得好像『握手之誼』是營利組織似的。」

「這是比喻。」

狼狽之色在板台臉上一閃而過，但知歌沒有錯過。那可是惡名昭彰的「握手之誼」。披著非營利組織的外皮企圖斂財也不足為奇。

並不是說非營利團體就不能追求利益。但這些利益應該作為活動資金來運用，而非回饋到組織同仁或出資者身上。

知歌更進一步提高了警戒和懷疑。

「總之，請不要做一些會讓皆本先生為難的事。住在臨時住宅的災民本來就已經很不安了。」

「不安的不是大原小姐妳嗎？」

「怎麼會是我？」

「災民搬進災害公營住宅，對生活不再感到不安，你們就沒工作了。沒了工作，你們的存在意義也就薄弱了。」

知歌認為自己的工作是支援災民，不再被災民需要反而是求之不得的好事。所以聽了板台的話只覺得奇怪。

「你們以為志工是什麼？」

「凡是生意都要出售商品。志工的商品就是『善意』吧？」

「看來我對志工的想法和你們完全不同。」

「那當然了。一百個人就有一百種想法。」

「請不要再強迫皆本先生搬進公營住宅。」

「如果不是強迫，讓他主動表示想搬，妳就沒話說了吧？」

板台露出冷笑退了一步。

「我們都不要妨礙彼此的生意吧。」

說完，便轉身離去。

一回到事務所，組長桐原茜已經等在那裡了。

「辛苦了。皆本先生怎麼樣？」

「有其他非營利組織的人去找他。」

聽完知歌詳細報告，桐原毫不掩飾她的不快。

「偏偏是『握手之誼』啊。皆本先生還真是被要不得的團體盯上了。」

「他們根本就是非營利組織幫倒忙的代名詞。他大言不慚說非營利組織的活動是生意的時候，我真是傻眼了。」

「是有不少人拿非營利組織當障眼法中飽私囊。」

可悲的是，桐原說的是真的。私自挪用以支援震災災民的名目募得的捐款、舉著社會服務的大旗壓榨年輕勞力，這樣的人數不勝數。

「善意和社會服務聽起來好聽，要找人很容易。而人多的地方就容易招來壞東西。」

「可是，有些地方我想不明白。『握手之誼』本來應該頂多就是給他們身邊和相關的地方添麻煩，怎麼會突然把賺錢掛在嘴上？」

桐原卻是若有所知般點點頭。

「大原，妳沒聽說嗎？就是『握手之誼』涉足危險領域的傳聞。」

「沒聽說。」

「之前他們都自己隨便亂搞，但光靠法人的收入好像難以維持組織的營運了。想來也是，這幾年來自全國各地的捐款都已經越來越少了，理事們還不肯放棄豪華旅遊，營運狀況當然會變得很差。不過，那些忘不了過去的好日子、一時之間又沒有辦法讓非營利組織的活動獲利，天曉得他們會想些什麼。」

「一定沒什麼好事。」

「如果傳聞是真的，那他們就是做了最糟糕的選擇。妳知道『握手之誼』的代表吧？」

「記得是一個叫作春日井仁和的人。」

春日井這個人，是個在負面意義上，完全體現了「握手之誼」的人物。他到處宣揚是阪神・淡路大震災開啟了他的義工之路，但他所做的事根本是妨礙救援活動，只會和同樣不請自來的義工一起吃吃喝喝、大彈爛吉他。這種人成立的非營利組織會養成寄生蟲體質，倒不如說是理所當然的結果。

知歌曾在網路新聞上看過一次春日井的訪談。她還記得春日井滿身贅肉肥滋滋的身上穿著亞曼尼，覺得他不像非營利組織的代表，還更像詐騙集團首腦。回答問題的內容也很空洞，從頭到尾都在強調自己有救助水災的經驗，沒有一個字提到災民的心情。

「有人親眼看到那個春日井在仙台市的花街和暴力集團的幹部走在一起。」

「真的嗎？」

「目前只是圈內的傳聞，媒體還沒有發現。如果是真的，『握手之誼』就要從幫倒忙淪落成反社會勢力，不，在這種情況下應該算是升格吧。就是變身為那種團體。和暴力集團走得近，獲得收入的手段也不會是合法的。總之，就是懶散度日的人無法成才的寫照。」

「有具體從事非法行為的傳聞嗎？」

「這倒是還沒有，不過有別的傳聞。妳知道皆本先生他們住的臨時住宅拆除以後會變成什麼？」

「可以預期是要蓋什麼。」

「要蓋什麼我不知道，但臺地上有那麼大片的空地可是很難得的。又蓋過臨時住宅，安全性是有保證的。蓋在那裡的房子是很吸引人，但如果是大規模的都市更新，大型承包商和本地建商應該會大賺一筆。」

「想把皆本先生趕出臨時住宅，就是為了早點拆掉，是這樣嗎？」

「簡單地說，就是炒地皮啦。而且在這種情況下，拆遷是國家方針，他們有冠冕堂皇的藉口。於是炒地皮就成了面對任何人都能抬頭挺胸去做的正當事業。」

「把無依無靠的老人家硬塞進一個人都不認識的集合住宅算是正當事業？」

「皆本先生本人和我們這些志工雖然憤慨，但對於渴望災區復興的人而言，應該是好消息吧。吉野澤新住宅林立，人潮回籠，也許會成為宮城縣復興的象徵。為此就算有幾個災民被逼得孤獨死，也沒有人會在意。」

桐原邊說邊不甘地咬唇。她平常說話就很有悲觀主義者的調調，但同時卻比任何人都憂心災民的將來。對她而言，儘管出於臆測，對吉野澤的都更只怕心境很複雜。

「我剛才說的都沒有證據，但既然『握手之誼』都介入了，再怎麼可疑的事都是可能的。最讓人不甘心的是，皆本先生他們和我們再怎麼抵抗都沒有用。」

災區的復興不僅是政府的方針，更可以說是全國的民意。瓦礫清除了，新市區誕生了，居民回來了，又開始熱鬧了。這些無一不是活力滿滿的表現，但新事物的誕生背後永遠都有破壞與消滅。而絕大多數的人對於逝去的東西都不以為意。

桐原說她們抵抗也沒有用，但知歌無法認同。國家方針也好冠冕堂皇的藉口也好，她不認為美名之下的小小願望就應該被驅逐。若是連小小的願望都無法被人聽見，又何談復興。

「妳看妳，一臉實在無法接受的樣子。」

「對不起。」

「沒關係，這樣才像大原。」

桐原大度點頭。

「無法淡然視之的心情我也一樣。也不是說因為這個的關係，但吉野澤的臨時住宅除了皆本先生不是還有兩戶嗎？以後這三戶全部都要看緊了。要是「握手之誼」有涉及任何違法行為，就立刻報警。我們能做的抵抗也就只有這樣了。」

「這樣就夠了。」

知歌用力應道。

4

搜查會議本來就令人緊張，但開到了第三次還沒有可靠的物證，這下連士氣都不振了。東雲眉頭的皺紋一次比一次深。

應是高級進口車的胎痕仍持續分析，但至今仍未查出車種和車主。

東雲指示的周邊調查和人際關係，也沒有取得堪稱成果的成績。

「動用這麼多人卻沒有一點新線索？」

東雲是不會對部下發牢騷的上司，這一點在場的所有人都知道。由此可知東雲有多焦躁。

「現在就不分權責，凡是發現新證據，或是與嫌犯有關的線索的，都出來報告。」

蓮田總覺得有種被指名的感覺，偷偷去看笘篠。笘篠有動不動就獨斷專橫的傾向，也有沒在會議上提出重要線索的前科。只怕東雲也沒有忘記。

然而，笘篠卻一臉無辜地看著臺上的東雲。絲毫感覺不到熱度的視線，在旁人眼中是冷漠，但蓮田當然也很清楚絕非如此。

蓮田因為個人因素，暫時採取個別行動，因此對於笘篠在哪裡調查些什麼，並不是完全清楚。因而蓮田心裡也不是不懷疑笘篠將情報秘而不宣。

然而，剛對笘篠起疑，蓮田就因自己也沒有報告從知歌等關係人那裡得來的情報而深感羞愧。雖然似乎與案情沒有直接相關也算是一個藉口，但在沒有完全開誠布公這一點上，他與笘篠沒有兩樣。

「擴大人際關係的範圍。追溯死者掛川勇兒的學生時代，澈底摸清他的人際關係。」

人際關係是指派給自己和笘篠的任務。蓮田正要點頭時，笘篠舉手了。

「已著手調查學生時代的交友關係。」

「是嗎？」

笘篠的話似乎潑了東雲一盆冷水。

「進度如何？」

「不佳。」

笘篠的話一點也不含蓄。

「掛川勇兒畢業自當地的吉野國中及吉野廣陵高中，這兩所學校的同學大半都罹難了。倖存者不到半數，而且大多移居外縣市，尚未取得聯絡。」

席間一片苦悶的沉默。即使同樣是災區，在災情特別嚴重的地區，這樣的現象並不罕見。儘管是因為天災，但為何偏偏就只有東北要遇到這種特殊狀況？苦悶的沉默背後，其實是對上天不公的憤慨。

「調查仍在繼續。」

笘篠不顧現場氣氛繼續說道。

「但請理解目前始終處於尋找對象的階段。」

儘管早已見慣，笘篠的奸猾仍舊令蓮田嘆服。不但將東雲的心思摸得一清二楚，還先發制人，讓他無法當面開口。任誰都承認笘篠身為刑警的能力，但對組織不夠忠誠則評價兩極。

「我知道了。繼續查，盡快整理出報告。」

蓮田心想，作為管理官，也只能這樣口頭警告了。

一散會，笘篠立刻便叫住蓮田。

「跟我來一下。」

「要去哪裡？」

「不遠。」

蓮田默默跟著走，笘篠卻不是走向大門而是前往別的樓層。

「笘篠先生，這一樓不是二課嗎？」

笘篠不理蓮田，大步邁進。最後走到了搜查二課的辦公室。

「笘篠。」

本來在看一個厚厚檔案夾的男子察覺了動靜抬起頭。

「現在方便嗎？」

「我正在看帳簿。」

「看也知道。」

男子恨恨地嘖了一聲，視線轉向蓮田。

「你的搭檔？」

「他是蓮田。這一位是二課的伊庭。」

蓮田行了一禮，伊庭便也隨便回了一禮。聽他用平輩的口吻說話，可見年紀和階級和笘篠應該都差不多。

蓮田是頭一次見伊庭。即使同在刑事部，搜查一課和二課卻鮮少聯手辦案。這是因為二課負責的是詐欺、盜領等智慧犯罪和選舉犯罪等調查，追查錢的動向比人的動向要多。他們不是靠雙腳尋找證據，而是從帳簿中尋找線索。領域不同，接觸的機會自然就少。

「那，你打斷別人的工作到底有什麼事？」

「十五日，一個公所的職員在南三陸町吉野澤的臨時住宅遇害。」

「這個案子我知道。但沒有二課的事。要是死者有去碰詐欺或盜領那就另當別論，但我們這邊沒收到那種情報。」

「我們現在在查死者的人際關係。的確是沒有人證實死者掛川勇兒碰了公款，也沒有那種傳聞。」

「你到底要說什麼？」

「不是人的問題。是場所的問題。你負責的案子裡，有沒有跟臨時住宅有關的？」

伊庭的表情頓時奇異地扭曲了。

「人際關係什麼也沒查到，所以就盯上場所了嗎？眼界開闊是好事。」

「打馬虎眼前先回答我。」

「目前還不到懷疑的程度，根本也不成案子，頂多就是傳聞。」

「既然是傳聞，說再多也不礙事吧。」

「……你就是老跟同事這樣談判才討人厭。」

「我也沒指望被喜歡。」

「站著太礙眼。你們兩個都坐吧。」

笘篠和蓮田就近拉了椅子，坐在伊庭正面。不過都是由笘篠負責交談。

「既然你去過吉野澤的現場，一定也好好欣賞過那個地點了吧。」

「距離港口一公里的臺地住宅區，視野很好。」

「海嘯肆虐過的地方現在被劃為危險區域禁止居住。換個說法，就是蓋了臨時住宅的臺地成了安全有國家認證的頭等地。現在正在將災民從臨時住宅遷往公營住宅，等搬完建築物拆完，你覺得那塊空地會怎麼樣？」

「就我翻閱過的南三陸町的會議紀錄，好像還沒有發表具體的計畫。」

「用不著等正式發表。誰會把國家掛保證的頭等地空在那裡？用搶的也要搶到國家的復興預算去都更啊。採用最新的耐震結構、來個二十公尺的海嘯都不會被吞沒的新興都市——把這個口號打出去，不但能拉到預算，大規模的都市更新也能吸引人力和資源。創造工作機會、改善人才不足、促進地區發展，一舉數得。」

「聽起來倒像是話中有話。」

「錢和人集中的地方，欲與色同樣會集中。因為是事關復興的公共事業，揮舞大旗的自然是國家，但給許可、發標方面通常都是由各地方政府主持。凡是大型公共工程，一般都會認為大型承包商才有專業技術，但偏偏在震災復興方面，地方業者也不是沒有機會。」

「圍標？」

「這也是其中之一。若簽的是隨意契約[註二]，與業者之間便會產生勾結。就算競標，只要事先得知底標，就能擺脫競爭對手。無論如何，在舊址都更公開之前，就已經可以看到有人隔空開火了。」

從伊庭的口吻，可以聽出他盯上的是收賄行賄。

只是，也不是不管不顧送出了賄賂罪名就馬上成立。行賄罪的成立有三大構成要件。

- 行賄的對象為公務員
- 對公務員的行賄與職務相關
- 有「行求、期約、交付賄賂」之行為

行賄罪要成立，原則是行賄的對象是公務員，而且這位公務員必須「職務相關」。舉例而言，即使向一個沒有利害關係的公務員行賄也沒有賄賂的性質，行賄罪便不成立。

換句話說，要將財物給了公共工程相關的縣議員或縣職員這些公務員，這時候行賄罪才終於成立。伊庭想說的是，在那之前只能觀望。

然而，笘篠卻完全沒有接受的樣子。

「繼續說。」

「傳聞就這樣。」

「只是傳聞，你卻說得有鼻子有眼的。計畫雖然沒有公開，但現階段你已經盯上幾個公務員或幾家業者了吧？」

「你這人真的很討厭。」

註二：一般公共工程與採買原則上都必須經過競標來招商，但在某些特定條件允許透過競標以外的方式來簽定合約，在日本便稱為「隨意契約」。

「我有自知之明。」

「有自知之明的更惡質。好啦，我的確在注意特定的幾個人。只不過目前都沒有人有明顯的動作。恐怕要等到縣議會將往後的都市開發公開之後，動作才會多起來。」

在一旁聽著兩人對談，蓮田內心直冒冷汗。

與公共工程相關的縣議員。

與震災復興的公共工程相關的地方建築業者。

這兩串並列在一起，腦海中立刻浮現森見議員和貢的臉。這兩人別說行賄收賄，根本就是岳父和女婿。要將公共工程的利益據為己有，沒有比這更理想的組合了。既然說已經在注意幾個人，那麼伊庭腦子裡會不會有森見翁婿的名字？

肯定有——蓮田如此判斷。女婿家從事建築業，這樣的關係，向來不負盛名的搜查二課不可能錯過。

「可是啊，笘篠，遭到殺害的是一個對執照許可沒有任何影響的小職員啊。我實在不認為剛才說的有什麼幫助。」

「多知道一點總不會吃虧。謝了。」

笘篠只說了這幾句便站起來，轉身就走。蓮田也趕緊站起來，向伊庭行了一禮。

「謝謝。」

「哦，看來你倒是跟那傢伙不一樣，還懂得什麼叫禮貌。」

「伊庭先生和笘篠先生認識很久了嗎？」

「我們是同期。他來本部之前就認識了。」

「他以前也是那樣嗎？」

「不一樣。」

伊庭的視線突然懷念地柔和下來。

「他在地方轄區的時候還算合群。不會強迫別人，對長官的指示也是立正聽的。」

「聽起來好像完全不同的另一個人。」

和現在差很多——這句話蓮田就沒有說出來了。

「震災後吧，他就變了。」

伊庭的話中有同情。

「後來就不怎麼笑了。哎，也難怪。還有就是，對組織和上司的敬意也變淡了。」

笘篠在海嘯中失去了妻子。雖然沒有聽他本人說過詳情和他的心情，但不難想像那是一場讓人個性巨變的大災難。

想一想，搭檔多年還是覺得和笘篠之間有距離的原因之一，應該是受災經驗的有無吧。知歌他們也一樣，失去了重要的人事物的人，和毫無損失的自己之間，橫亙著一道又深又黑的鴻溝。

「不過，他會變，好像不止是受到震災的影響。」

伊庭說起他的擔心。對初見的蓮田說這麼多，可見他對笘篠的擔心。

「在組織裡待久了，人好像就會分成兩種。不是變成一味服從、規規矩矩的好軍隊，就是不斷懷疑命令、只遵循自己的信條的異端分子。」

蓮田覺得很有道理。

所謂的異端，是很適合笘篠的稱號。異端分子才有的視野、對組織持疑的人才有的行動原理，這些笘篠都有。

走出二課去追笘篠的路上，蓮田自問：那麼自己呢？

至今，他都以身為一個對任務忠誠不二的警官為豪。不合心意的命令和與感情相悖的指示，他都心甘情願地接受了。然而這次，從知歌那裡得到的情報和森見議員與貢的事情，他都沒有上報。萬一，老朋友們涉案，他便有瀆職之嫌。

內心祈求千萬不要有關，但同時也驚訝於自己對警方的忠誠出乎意料地淡薄。他怎麼也沒料到感傷竟然會侵蝕職業倫理。

終於追上笘篠，蓮田一與他並肩便問道：

「笘篠先生一直認為掛川遇害與都更有關？」

「即使調查人際關係，還是沒有找到對掛川勇兒有個人怨恨的人物。他的血親只有妹妹一人，在職場上也沒有勢同水火的同事。別的不說，遇害現場便是他因工作造訪多次的臨時住宅。儘管無法斷定，但掛川很有可能是被捲入了工作上的糾紛。」

「可是，他是普通的職員啊。並沒有立場從業者那裡收受賄賂。」

「糾紛並不僅限於財物。你不認為在這個基礎上有必要擴大動機的範圍嗎？」

「這麼一來，除了南三陸町公所以外，也有必要去訪查當地不動產業者和建築業者了。要向石動課長討援軍嗎？」

「要對上縣議會，就不能不請二課協助。依現狀，連懷疑都稱不上。最好別以為課長會爽快答應。與其直接去討，不如看好時機在搜查會議上爆出來才更有效果。」

意思是沒時間等課長允諾。搜查會議刑事部長和管理官都會出席，越過課長來說應該是最有效的。只不過，必須做好被課長記恨的心理準備。

「關於當地的不動產業者和建築業者，有能力承辦大規模公共工程的不多。現階段我們兩個就夠了。」

恍若無事般說完，笘篠繼續走。一旦決定好方針，接下來便只要勇往直前。一有疑問便停住，退回來重新思考。雖然單純又初階，但做得到的人不多。笘篠能夠做出成績，應該歸功於此吧。

明知道應該向笘篠的態度看齊，但蓮田同時也感到恐慌。說到本地有能力承辦大規模工程的業者，貢家「祝井建設」肯定在名單裡。

目前殺人的動機和背景均不明，自己沒有理由因為沒有提到貢而受責。然而，要讓現已疏遠的貢和笘篠面對面，他也確實感到一股難以形容的不安。

蓮田心想，必須和貢單獨見一面。

三、公務與私情

1

蓮田做夢也沒想到竟然會有因個人理由在輪休日辦案的一天。而且還是在曾經住過的地方。

蓮田來到南三陸町志津川地區。高中畢業後他就再也沒有回來過這裡，而記憶中的故鄉已面目全非。

志津川地區是個以國道四十五號線為中心、面志津川的市鎮。小規模的商店雖多，但購物方面仍高度依賴外地，蓮田住這裡的時候，人口就已經開始減少。

這一帶是遭到海嘯直擊的地方，一般住宅就不用說了，從區域醫院的志津川醫院，乃至於警察署、防災對策處等公共設施都被破壞殆盡。和貢他們一起上學的時候，沿路有個人經營的書店文具店、零食雜貨店、麵包店、餐廳食堂等，他們有很多時間都是在這些店裡度過的。知歌對漂亮的小飾品毫無抵抗力，一旦有新商品上市就流連著不肯離去。沙羅愛看書，就算不買書也會彎進書店裡逛逛。貢就愛在隆冬裡舔冰淇淋，還對蓮田他們強迫推銷，大家都退避三舍。

然而，那些文具店、書店、零食店現在都不在了。不是變成空地，就是成了停車場，蓋了其他商店。

那裡雖然是故鄉，卻是個陌生的城鎮。

蓮田在深感世事無常之中繼續走著曾經的上學的路。

以前，離警察署不遠的地方蓋了五層樓的集合住宅，蓮田和雙親便是住在那裡。雖是租用的公司宿舍，但畢竟住了十幾年的家，還是有感情有回憶。

那集合住宅現在連影子都不剩了。

只有地基淒涼地曝露在外。蓮田一家搬走時，屋齡便已經不小了。就算是鋼筋水泥建築，面臨那凶暴的海嘯也束手無策。

蓮田他們生活過的痕跡也早已與建築一起被沖走。

既沒有酸甜的感傷，也沒有自己的足跡。有的只是空虛。

蓮田向地基部分合十，轉身離開。繞到自己住過的地方純粹是臨時起意。他造訪志津川地區別有目的。

貢入贅的森見家，應該是經過幼兒園之後，在大馬路進去的第一條巷子裡。當時就是很氣派的豪宅，小學、國中時還不覺得，到了高中就覺得門檻高，不再靠近了。

結果那個地方並沒有記憶中的森見家。那裡蓋了別的房子，建築物的外觀和門扉都不同。以前的房子和沙羅的母親一起被海嘯捲走了。不可能還跟原來一模一樣。但看到豎立在門柱的招牌，蓮田心想果然是這裡沒錯。上面寫的是「縣議會議員 森見善之助辦事處」。

蓮田走過去，細看門柱上的門牌。

「森見善之助

貢

沙羅」

在這裡的確實是森見家，看來是災後重建的。森見的名牌上有貢的名字，感覺好奇妙。

「我是宮城縣警蓮田。請問主人在家嗎？」

透過對講機說明來意，回應的是一聲驚訝的「咦』。僅僅數秒，門就開了。

「將將。」

沙羅似是由衷驚訝，細細的眼睛睜到最大。都說女大十八變，但十四年過去了，她的服裝還是和以前一樣有種土味。

「好久不見。不過，你怎麼會來？一切都好？剛才你說你是宮城縣警對吧。是為了警方的工作來的嗎？」

沙羅一開口便是一連串問題，沒留個空隙給蓮田插話。

「等一下。妳問的我都會說，妳先別激動。」

「啊，對不起。先進來吧。」

蓮田應邀跨過門檻。裡面的樣子當然也和以前完全不同。

「房子是重蓋的吧？」

「嗯。」

「這裡不是居住禁止區域，應該沒什麼問題，可是不是有計畫移到臺地那邊嗎？」

「有是有，可是我爸喜歡原來的地方。他從以前就在一些奇怪的點上很固執。」

看來沙羅是要帶他進客廳，蓮田便先開口。

「能不能讓我先上個香？」

沙羅默默帶蓮田到起居室。起居室的牆上設了一座華麗的佛壇，沙羅的母親在中央的相框裡微笑著。

每次蓮田他們來玩，她都以燦爛的笑容歡迎他們。是的，就是因為忘不了那笑容，所以在父親發表那則獨家報導後，蓮田就不敢上門了。

點了香，低下頭。這麼做當然不可能彌補父親所做的事，但此刻蓮田一心為她祈冥福。

「震災時，我在縣外，我爸在縣政府，我們都逃過一劫，但我媽在家裡來不及逃……將將呢？」

「我家人都沒事。」

「是嗎。太好了。」

即使沙羅沒那個意思，但光是這句話便足以令人感到疏離。

一到客廳，沙羅便立刻又開始發問。蓮田說到搬到仙台以後從警察學校畢業、結了婚，說明才暫告一段落。

「將將，小孩呢？」

「一個兒子。」

「恭禧。」

本來想問「妳呢」，卻算了。名牌上沒有孩子的名字，家裡也感覺不到幼兒走動的氣息。

「不過，將將竟然當了警察啊。我是有聽說，不過親眼看到了，還真有那個樣子呢。你以前體格就好，有體育會系的感覺。」

「這是偏見。辦案又不是靠力氣。」

「那，將將是來找誰的？你是為了公事來的吧。」

「我來找貢。」

蓮田的回答似乎令沙羅很意外，只見她皺起眉頭。

「看妳這什麼表情。和妳預期的不同嗎？」

「我以為是為了我爸。畢竟他是政治家，之前也受過各種懷疑。」

「有這回事？」

「當然幾乎都是無中生有的找碴啦。」

「因為妳爸是縣議員才來找碴的？」

「因為他領導派閥就說他貪污啦，每次選舉就說他使出銀彈攻勢啦，競選的候選人和地方報紙都會這樣中傷我爸。可是既然將將是來找我老公的，為什麼還要自稱是宮城縣警？」

抓住對方的語病就窮追不捨的習慣，還是一點也沒變。蓮田在微感心痛的同時也覺得懷念。

「我真的是為警方的公事來的。我現在查的案子和南三陸町的土地有關。所以我想問了解情況的當地業者最快。」

「我老公的確現在也是『祝井建設』的董事，可是……將將，你事先聯絡過了嗎？」

「沒有。」

「我想，到現在他對見將將心裡還是有疙瘩的。」

聽起來既不是責怪也不是同情，而是出於冷靜判斷的忠告。

「這也是工作。既然是工作，就算是討厭自己的人也必須去見。他現在在哪裡？」

「他家。『祝井建設』。」

「他不是在當議員秘書嗎？」

「身兼二職呀。我剛不是說他是『祝井建設』的董事之一嗎？因為快要期中財報了，他早上就去開會。」

因為在這裡待得很有壓力，蓮田匆匆站起來，然後才想到一件事。

「『祝井建設』換地方了吧？」

「之前的工廠全都被沖走了。現到搬到臺地去了。你等一下。」

沙羅拿出手機點了幾下，把螢幕拿給蓮田看。上面顯示的是「祝井建設」的住址和地圖。蓮田本來就是重回故土，光是這樣一看就知道工廠位置了。

「我會跟我老公說將將來過家裡。」

「沒關係。反而不會嚇到他。」

「他會不會見你，還不知道呢。」

「那報導是我爸幹的，和我無關。」
「會這麼想的可能只有將將自己。」
「……沙羅就是這樣才嚇人。大家都忌諱著不敢說的話，妳張口就說出來。」
「對不起。」
「沒關係。很多時候這樣反而比較好。」

蓮田一下就找到搬到臺地的工廠。「祝井建設」的招牌很大，即使從下方也看得清清楚楚。只怕有之前的工廠的兩倍大。

一看，緊鄰工廠的地方正在興建住宅。走近了透過玻璃門看進去，裡面是辦公室。

正要走向辦公室時，蓮田發現自己前所未有地緊張。

不會吧！

他意外得忍不住這麼想。原來有疙瘩的不是貢，是自己嗎？

他先停下腳步，做了一個深呼吸。沒什麼好怕的。是類似罪惡感的緊張擾亂了內心，但他告訴自己這是公務，把緊張壓下去。

緩緩啟步。一站在玻璃門前，坐櫃臺的女性便注意到他。

「歡迎光臨。」

正要照例說出宮城縣警的前一秒，他改變了主意。

「我叫蓮田將悟。請問貢，森見貢先生在嗎？」

「請問您有約嗎？」

「說是蓮田，他應該就知道。」

「請稍候。」

就在櫃臺女子拿出手機的時候。

「不用讓他等。」

轉頭朝熟悉的聲音的來向看去，一個穿著作業服的男子正從辦公室後面進來。

「剛才沙羅跟我聯絡，我就想你差不多該到了。」

多年不見的貢臉上多了精悍，體格也比以前結實。不過，不知在想些什麼的那雙眼睛沒變。

「跟我來。」

蓮田正要開口，就被對方制了機先。貢沒有往辦公室裡走，而是走出去。蓮田只能跟著他走。

貢一來到外面就繞到工廠後面。那裡大概是成了員工休息的地方，自動販賣機旁還設了堅固的長椅。

「坐。」

貢從自動販賣機取出兩罐咖啡，將其中一罐往這邊扔過來。

「感覺簡直像到了體育館後面。」

「工廠是從我爸那裡繼承的。很抱歉，不能讓你進去。」

「但你還是請我喝咖啡。」

「要盡最起碼的待客之道。」

兩人並肩坐在長椅上，拉開罐裝咖啡的拉環。有那麼一瞬，蓮田覺得時間彷彿回到了高中。

「看你好像挺好的。比高中的時候壯了不少。」

「繼承工廠以後也要去工地。體格就練出來了。」

「聽說你兼任沙羅他爸的秘書。兩邊都顧得來嗎？」

「還好。縣議員的秘書沒那麼忙。」

「你爸現在怎麼樣？」

「震災第二年腦溢血走了。光是交給董事我不放心，我就辭掉當時的工作，回來當『祝井建設』的董事。」

原來是因為這樣。

「你好像很意外。」

「我一直以為貢要不是成為精英上班族，就是會創業。」

「你還不是。我一直以為你會跟你爸一樣當報社記者。」

「不管當什麼我都不會當記者。」

「刑警和記者不是半斤八兩？都是曝露別人想隱藏的秘密。」

「至少刑警是為了撫平被害人和他們的家屬的遺恨而奔走。別拿來比。」

這是蓮田的真心話。因為父親獨家報導了祝井建造行賄，在蓮田心中，報社記者就不再是一個值得驕傲的職業了。蓮田早就將之排除在職業的選擇之外，至今都不後悔。

「那，這位刑警先生找我有什麼事。沙羅是說，你在查和南三陸町的土地有關的事。」

「八月十五日，吉野澤的臨時住宅發現了一具屍體。」

「我知道。聽說是町公所的職員。這和我有關嗎？」

「等住在那裡的災民搬進公營住宅，臨時住宅就會拆掉。拆掉之後那塊地聽說是準備都更。這件事你知道嗎？」

「沒聽說有這種計畫。」

「還沒正式發表，不過土地買賣在計畫發表之前就已經在進行了吧。你都沒聽說什麼小道消息嗎？」

「幹嘛問我？跟不動產和建設有關的，照理說不是應該去問東京的大承包商嗎？」

「我聽說這是復興事業的一環，會以當地業者優先。南三陸町最大的建商就是『祝井建設』。那麼照理說不是應該問身為董事的你嗎？」

「我很忙，沒時間跟你玩文字遊戲。」

貢的話尖銳起來。

「有話就直說吧。省時間。」

「『祝井建設』有沒有參與吉野澤的都更？」

伊庭的說明在腦海中復甦。

「若簽的是隨意契約，與業者之間便會產生勾結。就算競標，只要事先得知底標，就能擺脫競爭對手。無論如何，在舊址都更公開之前，就已經可以看到有人隔空開火了。」

若相信伊庭的說法，就不能完全排除「祝井建設」拿著黑錢暗地裡運作的可能性。假設真是如此，便也不能完全排除「祝井建設」的人涉入掛川勇兒之死的可能性。

貢一度沉默。貢沉默便是要看穿對方真正的用意。

果不其然，他以嘲諷的視線望過來。

「你是想說我家和我岳父勾結是吧？」

既然本人都明白說出口了，便不必再客氣。蓮田決定表明自己的懷疑。

「森見善之助議員是縣議會最大派閥之首。都更的許認可權雖然在知事手中，但前置階段的篩選業者，議會應該能使得上力吧？」

「我說過，我連有計畫都不知道。更何況現在也還不知道是隨意契約，還是競標吧？」

「但事先運作的話，應該有優勢啊。」

「刑警就是疑心病重。你對建築業者的偏見太深了。」

「『家裡常有三教九流的客人』。這是你以前告訴我的。你忘了嗎？」

「哼。」

貢撇嘴代指回答。

「阪神・淡路大震災你還記得吧？」

「當然。」

「那也是毀滅神戶的大災難，但復興事業本身卻僅止於修繕和改建。然而發生在宮城縣的，卻還有從沿海內遷、從無到有的造鎮。事業的規模和動用的財力相差何止十倍百倍。縣議會要是想壓住大型承包商，把錢留在當地，找上我們這樣的業者才是理所當然。」

這番說詞看似強勢，卻有種辯解的味道。這也和以前一樣。

「由森見議員事先磋商，讓『祝井建設』取得隨意契約，或是拿下標案。背後有縣議會最大派閥，便能讓不可能成為可能。是這樣嗎？」

「慌什麼。我只是說，像我們這樣的業者會參與也是理所當然，並沒有已經參與的事實。別的不說，這麼淺顯的道理你也早就料到了吧。」

「縣議員的女婿是當地的建商。就算不是刑警也會有所猜測的。」

「愛猜就猜，傳聞再怎麼傳都是傳聞。再怎麼猜疑也只是猜疑。」

「聽說之前的工廠被沖走了。」

「對，連著我媽和妹妹一起。我壓根也沒想到那麼結實的建築竟然會被沖走。她們躲在工廠裡，錯失了逃走的機會。」

「這裡又重建了比以前更大的工廠。費用到底是誰出的？」

「我沒有義務告訴你。」

「資金的來源是不是森見善之助？」

「你煩不煩。」

雖然是嫌煩，卻沒有否認蓮田的問題。

「你之所以入贅、之所以當議員秘書，是不是以工廠重建的資金作為交換條件？之前的工廠被沖走，是不是為了無處工作的員工，犧牲了自己？」

「幻想也要有限度。」

貢一句話打斷蓮田。

「那不然資金是從哪裡來的？說來抱歉，但從我們高中的時候我就一直聽說『祝井建設』的經營不輕鬆。你自己親口說的。在那種經營狀態下的工廠被海嘯沖走了。從取得土地到重建工廠的龐大費用，到底是誰拿出來的？有可能的就只有森見善之助了。」

話說完了就後悔了。就算是再怎麼要好的朋友，都不該說這些。只要蓮田還相信貢是朋友，他說出來話就會直接反彈回自身。

貢臉上本來一直顯得牢不可破的表情出現一絲裂痕。就一個要挖出對方實話的警官而言，這是有效得分，但作為一個人，則是毫不留情的中傷。

「既然沒有證據，再怎麼推論都不過是臆測。」

雖然語帶挑釁，但聽起來也像死不認輸。光是這樣，蓮田就知道自己的推測雖不中亦不遠矣。

再加把勁，貢的自制力就會崩潰。身為刑警的直覺和身為老友的經驗支持著蓮田。他知道這些話只要一說出口，他與貢的關係就會更加惡化。

然而，他卻不能不問。

「難不成你拋棄知歌和沙羅在一起，也都是為了錢？」

貢頓時臉色大變。

一把揪住蓮田的胸口怒氣沖沖。

「你這話是說真的？混帳刑警。」

揪住警察胸口的那一刻便構成妨礙公務執行，但事出突然，蓮田說不出話來。

「你這句話不僅是侮辱我，也是侮辱知歌和沙羅。」

「你就回答是或不是啊。」

「我沒有義務回答你。」

貢推也似地鬆了手。

「拒絕詢問是嗎？」

「你就這麼想知道別人的隱私？」

「如果辦案必須的話。」

「我和『祝井建設』都失去太多了。家人、員工、工廠都沒了。為了過原來的生活我吃了多少苦，你想像得到嗎？啊？啊！」

意想不到的質問讓蓮田不知如何回答。

「知歌失去父母，沙羅也失去母親。房子和其他一切，什麼都沒了。我們想找回被奪走的一切，所以想比以前更努力工作、想賺錢、想再建立家庭。這是被剝奪了的人的心願。吶，你懂嗎？我聽沙羅說了，你在震災裡毫無損失。」

貢說得得意洋洋。被剝奪了重要人事物的受害者得意洋洋的模樣，令人不忍卒睹。

「再說也沒用。你不懂受災的人的痛，聽了也無法理解。」

丟下這些話，貢便從長椅上站起來，轉身背對蓮田。

蓮田連站都站不起來。

他很清楚貢的說法是單方面的，也知道那是為了拒絕對話的權宜之計。然而，他一句話都回不了。因為震災，人們被明確地劃分成被剝奪的人和沒有被剝奪的人。

喪失感與罪惡感、劣等感與被害者意識、失意與安心。劃分兩者的鴻溝又深、又長。

眼見貢的背影越來越遠，蓮田還是遲疑著要不要叫住他。而當他的身影從視野裡消失，蓮田才總算從無形的束縛中解脫。

你白痴啊。

另一個自己在腦海裡嘲笑。

在震災中毫無損失。你難道打算背負著這樣的歉疚繼續調查嗎？

你有臉見笘篠嗎？

蓮田坐在長椅上，一時之間氣憤不已。

2

休假結束來上班的蓮田在刑警辦公室看到笘篠，便立刻跑過去。

「我有事要說。」

「巧了，我也有。」

蓮田就近拉了把椅子過來，與笘篠正面相對。

就算被批評這幾日的單獨行動偏離公務也只能認了。在被石動質問之前先被笘篠吼一頓，心情會輕鬆一點。

「聽了二課的伊庭先生說的，我想起有朋友在當地開建設公司。」

「是一般朋友？」

「是從小一起長大的。」

蓮田坦承了與貢他們從小到大的交情。對說出個資雖有所排斥，但這也可以說是沒有及早向搭檔笘篠報告的懲罰。

聽完他的話，笘篠一臉為難地搔頭。

「蓮田是懷疑那個『祝井建設』？」

「我不認為他直接參與了掛川勇兒的命案。但不能完全否認命案的背景與吉野澤的都更有關的可能性。」

「目前，並未找到要死者掛川致死的背後關係。既然如此，只能從本人以外的地方去尋找可能成為糾紛的主要原因。你的著眼點沒有錯。」

「那我就放心了。」

「問題是你有沒有覺悟。」

笘篠的視線忽然嚴厲起來。

「你早已不是新人，我不會跟你說教，但假如你的兒時好友犯下命案，你能毫不遲疑地給他上銬嗎？」

「能。」

答是答得很快，但他不敢篤定自己實際不得不面臨那種局面時會不會遲疑。即使如此，此時此刻也只能應下來。

笘篠的視線仍停留在蓮田身上。蓮田深深慶幸自己不是站在被這個人追緝的立場。彷彿會被看透一般，片刻都不能掉以輕心。

蓮田很快就發現笘篠的話很奇怪。

「請等一下，笘篠先生。你問我有沒有覺悟，是因為你有懷疑森見貢的根據對不對？不然這樣問就沒有意義了。」

「並不是只懷疑『祝井建設』。只不過是有點驚訝。我也是照自己的意思去摸索，結果找到的也還是建商。」

「假設命案是和臨時住宅的居民遷出和都更有關的話，當然是殊途同歸啊。」

「路徑不同。你也知道我是想破解那個密室吧。那是我的起點。」

笘篠慵懶地站起來。

「有東西要給你看。跟我來。」

蓮田被笘篠帶去了太白區長町的住宅展示場。

「一開始，我是想看看實物。」

笘篠在樣品屋之間邊走邊說。

「能不能利用實際的臨時住宅構成密室狀態？吉野澤是有搬走之後空下來的住宅，但已經開始拆除，沒有完整的了。於是我想到了製造商的展示中心。」

「可是樣品屋沒有意義吧？」

「吉野澤的臨時住宅是一家叫『大和房屋』的製造商提供的，為了宣傳他們公司的技術，展示了同規格的臨時住宅。」

不久兩人到了「大和房屋」的展場。迎接他們的是該公司營業部一個姓高橋的男子。

「久等了。敝姓高橋，今天由我負責介紹。」

高橋臉上的營業笑容，標準得簡直可以裱框掛起來。

「前幾天笘篠先生光臨，說希望我們協助辦案的時候，我們非常驚訝。但若能協助破案，是敝公司無上的光榮。那麼，這邊請。」

由高橋領路走進去，便看到用地內並排著好幾幢建築物。其中一幢便是那臨時住宅。

「和吉野澤的臨時住宅一模一樣。」

蓮田忍不住說，高橋聽到便一臉驕傲。

「這是敝公司引以為傲的木質地板預鑄屋。平均一幢的價格之實惠與氣密性之高，無人能出其右。」

一進樣品屋，就發現不但是外觀，內部格局和建材也和吉野澤的一模一樣。天井的採光窗也在同樣的位置。

「好的。」

高橋站在房中央面向蓮田他們。

「笘篠先生提出的問題是，能不能不開鎖便從這住宅中離開。您可能也知道，預鑄工法並不是由工人在現場給建材加工、施工，是工廠先做好牆、地板等部件，在現場組裝起來。這樣說是有點誇張，不過想像成零件放大到很大的塑膠模型就不難理解了。因此，牆、地板、天花板的接合沒有縫隙，若不是出動大工程，不會產生足以讓一個人進出的空隙。而採光窗也是完全封死的，要從內部打開是不可能的。」

因是說明自家商品，解說者得意是當然的，但聽眾這邊卻等於是可能性一個個被刪掉，十分掃興。

「我也拿各種假設問過高橋先生，」

笘篠卻說得興致勃勃。

「卻一一被反駁，最後沒轍了。所以我便試著改變想法。如果不是從建築物中離開，而是只留下屍體的話有沒有可能。」

「不是一樣嗎？」

「不一樣哦。」

高橋代替笘篠回答。

「我也是聽了笘篠先生說的才發現的。那麼，請先移步到外面。」

蓮田不明所以地來到屋外，高橋不知從哪裡搬了梯子回來。

「要先爬上去，請跟我來。」

將安全帽交給蓮田他們之後，高橋熟練地爬上靠在外牆的梯子。明明年紀相差不多，蓮田卻是小心翼翼地用腳確認了踏板的位置才一級級爬上去。

「你爬梯子真快啊，高橋先生。」

「因為職務輪調的關係，我曾經在工地被狠狠操練過。我們做住宅業務的，從資金計畫的提案起，報價、貸款審查、動工前的協商、動工後的變更協商這些都要負責。在工地會有什麼樣的作業、什麼時候要用什麼工具，知不知道這些小細節，對我們業務來說可是有天壤之別。」

三人都爬上梯子之後，聚集在屋頂上。斜度雖平緩，不小心的話還是會摔下去。

「那麼，這就開始吧。」

高橋毫不猶豫地走向天窗。笘篠和蓮田爬著跟在他後面。到了這個地步，蓮田也看出笘篠的著眼點了。

正下方的採光窗是八十公分見方的大小，玻璃裡有鐵網。與屋頂齊平的天窗嵌著玻璃，往下三十公分的地方是採光窗。換句話說，採光窗是雙層構造。

「臨時住宅選用的款式採光窗是無法開關的，要從內側以窗簾來調整日照。只是啊，這類天窗會遇到被鳥糞弄髒、被落下物敲出裂痕的狀況，不得不換的例子還不少。」

高橋邊說邊拆天窗周圍的屋頂材料。

「這屋頂材料是水泥板嵌入式的，只要懂得訣竅輕易就能拆下。」

拆下屋頂材料之後，玻璃板就露出來了。

「敝公司將天窗從過去的玻璃改成碳纖。最近車輛的玻璃窗也開始輕量化，在這個領域，感覺上是我們住宅商走在前面了。」

所謂的輕量看來是真的，因為高橋輕輕鬆鬆便將足有一人環抱那麼大的玻璃板舉起來。

「接著是採光窗，要卸下固定窗框的L角零件和底板。這也是螺絲一轉出來，簡簡單單就能拆掉窗框。」

高橋從腰袋取出工具，俐落地轉開螺絲。就像他說明的，只要把螺絲轉出來，窗框一下子就拆下來了。

「好啦，就是這樣。」

笘篠和蓮田從屋頂上探頭看。本應是密室的臨時住宅，現在開了一個大口子。

「人不是在屋裡殺的。」

笘篠說起他自己的假設。

「是在外面殺害之後，將屍體搬到屋頂，照剛才的作法拆掉天窗和採光窗。把屍體從敞開的窗戶丟進去，再將採光窗和天窗復原。這樣密室就完成了。」

一旦拆穿手法，單純得簡直好笑。

從內側拆掉採光窗是不可能的，但從外側就可以。如果不是從屋內脫離，只是將屍體放進去也很容易。

蓮田看了看錶。從高橋開始作業到拆下採光窗，過了四十分鐘。

「高橋先生爬到屋頂到結束整個作業，只用了四十分鐘。我們這樣沒有經驗的人也做得到嗎？」

「這就難說了。」

高橋雙臂環胸，歪頭說道：

「如果沒掌握訣竅，要拆嵌入式的屋頂可能要苦戰一番，而且如果不夠熟悉工具，卸螺絲也很花時間。要事先知道採光窗是雙重構造，然後才嘗試拆除，外行人應該是不可能的。」

「一點也沒錯。」

笘篠在屋頂上坐下來。

「雖然可以布置出密室狀態，但要執行需要熟練的技巧。沒有經驗和工具的外行人辦不到。因此可以假設動手的人與建築業或住宅商有關。再加上都更，就能更進一步縮小範圍。」

「從別的途徑找到建築業者，說的就是這個意思啊？」

掛川是晚間八點到十點遭到殺害的。晚上，在缺乏照明之下，要拆下採光窗，熟練與技術缺一不可。反過來說，只要有熟練的技術，便能完成作業而不被剩下的三戶發現。

「但是有一個疑問。」

「什麼疑問？」

「凶手為什麼要布置成密室。」

如今還有什麼好疑問的。

「笘篠先生，如果無法舉證如何行凶，要起訴都有困難。這就是凶手的目的啊，不是一目瞭然嗎？」

「可是你不覺得太費事了嗎？如果是不想讓人發現屍體，乾脆埋起來更省事。現場又有建築機具正好方便挖洞。」

「笘篠先生有什麼想法嗎？」

「也不是沒有，不過只是臨時想到。臨時想到的，說了也只會擾亂辦案而已。」

爬到地面之後，笘篠就不怎麼開口了。有熟練的技巧就能打破密室這一點要在搜查會議上報告，但最多也就這樣了。不足以讓笘篠積極地圈出嫌犯。所以接下來要怎麼做是要讓東雲管理官來判斷嗎？

路上，蓮田腦海中重播了貢的話。

「繼承工廠之後，我也會去工地。」

當地最大的建商。

岳父是能左右都更許認可的縣議員。

一個多半欠了岳父大人情、必須用一件大事來償還的當地建商的董事。

而這個董事還精通工地現場的工作。

貢符合所有的可能性。雖然不是消去法，但具備了這麼多可能性，讓他無法不懷疑賁。

「笘篠先生不具體上報嫌犯的名字？」

「沒確認過不在場證明，動機也不明確，無法圈出嫌犯。目前也沒有任何線索可以把公所的小職員遇害和都更連結起來。」

換句話說，當這兩者連結起來，那一瞬間賁便成了最大的嫌犯。

「你懷疑森見賁？」

「肯定是嫌犯之一。」

「『假如從小一起長大的朋友參與了命案，你會毫不遲疑地給他上銬嗎』──笘篠先生不是這樣跟我確認嗎？」

「那純粹是可能性，是我問你的問題。但一問你馬上就回答了。這樣結論就出來了啊。」

蓮田只能閉嘴。結論還沒有出來。即使符合了嫌犯的所有條件，在感情上他還是繼續否認賁殺人的可能。

3

兩天後的搜查會議上，笘篠一報告「大和房屋」的高橋先生教授的內容，平常沉著冷靜的東雲難得激動地說：

「將屍體扔進去之後再弄出密室。嗯，原來還有這一手。」

「據高橋先生說，在知道採光窗是雙重構造的前提下拆下，外行人是做不到的。」

「確定了？」

「屬下親自試過了。」

回答得若無其事，但東雲等出席的調查員之間卻產生了一絲動搖。蓮田也同樣驚訝。明知笘篠向來實事求是，但親身實驗倒是頭一次聽說。

「屬下借用了住宅展示場的臨時住宅，驗證了一個純粹的外行人究竟可不可能拆下採光窗。」

「如何？」

「屋頂材料是嵌入式的，說是只要懂得訣竅便可輕易拆下，但即使如此也花了二十多分鐘。至於固定窗框的L角零件和底板，就只能舉手投降了。如果沒有熟練的人幫忙，實在無能為力。」

笘篠的話雖粗糙卻可信。東雲點頭表示贊同。

「也就是說凶手很有可能是建商，或是曾從事建築相關工作。」

「行凶時是在缺乏照明的情況下作業，而且沒有被目擊，因此必須在短時間內完成。現場正在進行拆除作業，即使能夠弄到梯子或腳踏之類的工具，但能夠當下立即應變，應該是有經驗的。」

「外行人更加做不來是吧？」

東雲再度點頭，然後面向調查員：

「人際關係方面正在查死者掛川勇兒的背後關係，但截至目前為止，尚未發現與犯案有關的線索。要換個方向。掛川隸屬於公所的建設課。在工作上，應該接觸過不少建築相關業者。那些人的相互關係和不在場證明要一個個查出來。」

這是很果斷的判斷。人際關係是從死者的背後關係尋找動機，但這次是先放下動機，從犯案方法來找嫌犯。

之前案情一直處於觸礁狀態，指出新的切入點便足以鼓舞調查員。

調查員解散當中，只見笞篠毫不遲疑地離開會議室。蓮田趕緊追上去。

「笞篠先生，你要去哪裡？」

「照管理官的指示做啊。要調查建築相關業者，就先從你的兒時好友開始吧。」

「『祝井建設』我已經去過了。我也都報告過了。」

「所以呢？有找到什麼值得注意的動機，還是與死者的交集？那是本地最大的業者吧？」

從貢那裡問來的內容大致都轉告笞篠了。臨時住宅那塊地若要都更，像「祝井建設」那樣的本地業者加入毋寧說是理所當然，蓮田也報告過對方沒有明言是否參與。只是蓮田認為因私人話題差點與貢吵起來的事沒有必要報告就沒提。

「『祝井建設』雖然公開發行股票，但不知財報是否完全可信，無法掌握該公司實際的經營狀況。很可惜無法證實祝井……森見貢的說詞。」

「既然從『祝井建設』下手沒有效果，就應該考慮別的切入點啊。」

蓮田立刻明白笘篠的言下之意。

「身為議員秘書的森見貢，是嗎？」

「若女婿涉及牽扯到都更的犯罪，身為縣議員的岳父完全置身事外，反而令人難以相信。」

「難道要直接去找森見議員？」

結果卻看到笘篠回頭一臉訝異。

「你是怎麼了？」

「什麼怎麼了？」

「姑且不論實際上如何，都讓女婿當自己的秘書了，還會向刑警說女婿的不是？就算真的有什麼不滿也不會提的。要是真的關係淡漠就更不用說。」

這麼一說還真的是這樣，蓮田不禁覺得丟臉。平常一定會想到的常識完全脫離了他的思考。

「想聽負面的傳聞，就要去找他的敵人。縣議會已經開始開預算特別委員會了。」

宮城縣議會與縣警本部只有一步之遙。笘篠與蓮田走向五樓的大會議室。

「真沒想到我有一天會為了辦案來旁聽縣議會質詢。」

「預算特別委員會網路和本地電視台都有實況轉播，執政黨和在野黨為了在選民面前表現，質詢答詢都會比平常來得激烈。你知道質詢答詢激烈會怎麼樣嗎？」

「平常默默在心裡想的，會說溜嘴。」

「沒錯。」

儘管道理是明白的，可是笘篠注意的是哪個議員，此刻蓮田還是毫無頭緒。

大會議室的門在質詢如火如荼時打開。笘篠和蓮田鑽進沒有多少人的旁聽席。

以笘篠的行事，一定是事先就都查好了。森見善之助在議長席前的講臺上，對面講臺上站著一個女議員。

「質詢森見善之助的是在野黨的照前昭子。」

蓮田不認得議員也不知道姓名，聽著笘篠的說明望著議員的對答。

「我問的是本年度預算中復興事業費太過突出的事實。這不是脫離了年初知事提出的財政營運基本方針嗎？」

「森見善之助議員。」

「呃——，預算金額看起來的確是比去年度大幅增加，但因全體預算都提高了，以百分比而言，只是微幅增加。」

「照前昭子議員。」

「您說百分比是微幅增加。就復興事業費而言是這樣沒錯，問題是其中的細項，臨時住宅用地都更所占的比例超過八成，而這都更又完全沒有任何明細。換句話說，事實是撥了一筆巨額的費用給至今仍用途不明的預算。這實在不是健全的預算分配。」

「森見善之助議員。」

「剛才照前議員指稱復興預算大多被臨時住宅用地都更占用了很奇怪，我倒是很想先討論一下提出質詢的照前議員是否真的是宮城縣民。」

這吃人般的答辯，讓照前議員滿面通紅。

「震災至今七年，我們宮城縣依然在復興的半路上。人力、物資、金錢全數外流，直到現在仍未復原。為了讓人力、物資、金錢回流，打造新市鎮是當務之急。先做好硬體，再充實了通路，然後將人聚集起來。這才是都更的關鍵，可說是通往復興的最短距離。都更是宮城縣民的悲願。我實在不明白為何同為宮城縣民的照前議員無法理解。」

「照前昭子議員。」

「只要做出硬體經濟就會自動好轉，人就會回流。這豈不是如今早就發霉的典型蚊子館嗎。森見議員的價值觀裡沒有更新這兩個字嗎？」

照前議員的發言引來一陣抗議和噓聲。只怕十之八九都來自森見議員的陣營。

「森見善之助議員。」

「說到發霉的蚊子館，讓我想起以前曾拿下政權卻非常短命的政黨喊出的口號。「從混凝土到人」是吧。清新的口號很快便膾炙人口，但退燒得也很快。即使說就是那句口號毀滅了日本經濟也不為過。讓活化地方不可或缺的公共事業一項項半途而廢，破壞了創造就業的機會，反而創造出大量失業。」

會場齊聲喝采。雖也有反對的抗議聲，但被湮沒在聲勢壯大的喝采中。

「想想，東日本大震災發生的時候，當時他們那些執政者若是有好好規劃復興政策，宮城縣也不至於淪落到這個地步。要是對公共事業有多一點了解，復興也不至於如此緩慢。被同黨的照前議員說什麼發霉什麼更新，委實令人遺憾。」

「照前昭子議員。」

「給都更事業規劃大筆預算，不是因為森見議員有親人是業者嗎？推動都更事業的理由，難道不是因為非法利得的存在嗎？」

瞬間，會場像潑了水般鴉雀無聲。然而緊接著便是狂風暴雨般的怒吼。

「胡說八道！」

「這是抹黑！」

「妳有證據嗎？」

「下臺！」

「請肅靜。森見善之助議員。」

「若在平常，這種話實在極其失禮，但照前議員從政經驗還淺，我就不追究了。剛才提到非法利得，上次選舉中有八人被捕的是哪個派閥，請照前議員先回想一下再發言吧。」

喝采與抗議再度響起，森見議員洋洋得意地下了講臺。對面的照前議員則仍是一臉忍辱負重的神情佇在臺上。

旁聽的蓮田心中思緒萬千。

發生前所未有的大震災時，前政權對公共事業採消極或否定態度的復興政策實在令人不敢恭維。再加上景氣低迷與失業人口增加，在無數咒罵中，政權僅短短三年便告終。大致的背景與脈絡確實如森見善之助的發言那般，但當時若由現在的政權掌舵，復興真的會比現在更有進展嗎？

那可是過去什麼時代、什麼政權都不曾經歷過的災難。政治的世界沒有「if」。現政權能夠將災區復興到什麼程度都只是想像，蓮田倒是覺得森見善之助對照前昭子的詆毀不免有失中肯。

看到照前議員被議長請下臺，笘篠便悄悄離席。

「確定詢問的對象了。我們去議員休息室等。」

笘篠和蓮田等著，預算特別委員會一結束照前議員便出現了。負責提問的笘篠一表明身分，照前議員便非常意外地看著他們兩人。

「兩位都是旁聽席的生面孔，我還以為是哪方面的人呢，沒想到竟然是刑警。」

「旁聽的人的面孔您都記得？」

「會來旁聽的只有本地的報社媒體，不然就是對地方政治有興趣的奇人。說起來他們也是常客。」

照前議員語帶自嘲，卻不知是針對地方政治，還是針對旁聽的老客人。

「兩位是縣警搜查一課的刑警對吧。該不會是在查誰違反選舉法？」

「不，不是的。違反公職選舉法是由搜查二課負責的，一課主要是處理重大刑案。」

照前議員頗為遺憾地聳聳肩。

「您知道有人違反選舉法？」

「不知。只是覺得要是能把縣議會主流派的議員抓走個二、三十人，不知該有多好。」

「這話聽起來不太平啊。」

「你們在旁聽席上也看到了吧。相較於由森見議員領導的主流派，我們只有三席。在議會裡，聲音的大小和席次的數量成正比。」

「不能否認的確是有劣勢之感。」

「人數差那麼多，委員會就淪為一個純做報告的地方。無論我們提出多少疑點多少反對，議案幾乎都會通過。這種怨念累積多了，忍不住就會想一些無聊的小事。」

「要是出了逮捕三十名議員的事，就不是無聊的小事了。」

「你說重大刑案，指的是強盜或殺人案對吧。若是論令人不安的程度，違反選舉法是不能比的，不過你要問我什麼？」

「森見議員的秘書。您在發言中也稍微提到了。」

「哦，那個女婿啊。」

照前議員說得隨意，一旁的蓮田內心卻不平靜。

「說起來，確實是我失言了。明明沒有任何證據，不該說得那麼武斷的。」

「因為沒有證據卻在公開場合中傷森見議員嗎？」

「雖然沒有證據，他卻是推進公共事業的縣議會最大派閥之首和本地建商。叫人家不要亂想才是強人所難。可是，提到那位秘書我是有點後悔。」

「為什麼？」

「因為，秘書太可憐了。我對彈劾森見議員沒有任何猶豫，但把那位女婿拉出來當靶子是另一回事。」

「因為他不是政治家？」

「哎喲，當上議員秘書的那一刻，雙腳就踏進政界了。那位女婿，呃，姓什麼來著？」

「森見貢，舊姓祝井。」

「對對對，貢。我問你喔，刑警先生，你知道在政界裡，議員秘書是站在什麼位置？」

「像影子一樣緊跟著議員。」

「影子，是嗎？不算錯也不算對。秘書有時是伙伴，有時是母親。有時是朋友，有時是記事本。還有時候要負責收拾善後，有時候要強迫議員壯士斷腕。他們的定位視議員的對待而有所不同，也會視本身的資質而定。」

「森見貢呢？」

「他就像一個絕對服從的僕人。」

她的語氣稀鬆平常，卻足以在蓮田心口上扎一刀。

「管理時程和安排面談就不用說了，與相關各處之間的聯絡、應對、製作文書、收集和整理資料情報、籌辦會議和派對、從接待賓客到會計上的事務都要包辦，還有……」

「還有啊？」

「安排午餐、健康管理、採買事務所的用品，再加上司機。」

一想到貢被森見議員奴役的樣子，蓮田就覺得一肚子火。雖然兩人的不和至今未解，但聽到小時候形同手足的人被頤指氣使，還是很令人生氣。

「可是森見議員還有別的需求要照顧……那個，這個純粹是傳聞。」

照前議員臉色尷尬地沉了沉。

「傳聞也沒關係。」

「還有一點，在黨派和政策上我雖然與森見議員處於對立的關係，但還是非常尊敬這位前輩議員的。這點，我要先聲明。」

這番有幾分辯解意味的說詞，想必是來自於對縣議員頭銜的心虛吧。反過來說，即使背棄了頭銜還是無法按下想對外部透露的意識。笘篠彷彿看穿了對方的內心，仍是面無表情地點頭請對方說下去。

「你知道森見議員的太太在震災中過世了？」

「知道，我看過議員名簿上的個人資料欄。」

「大概從第二年開始，森見議員的休息室就開始有身分不明的女性出入。而且每次都是不同人。」

從她不懷好意的語氣，聽得出造訪的是風塵女子。

「盲點對吧。要是一直在飯店私會，可能會被媒體爆出來。畢竟現在的雜誌對政治家的私事一點也不手軟。神奇的是，媒體人會到議會採訪，卻不會追到議員的休息室來。」

「因為沒想到議員休息室會被用在這方面。」

「你會不會認為，既然他已經是孤家寡人，即使與好幾名女性發生關係，在倫理上也沒有問題？」
「還是不能與一般民眾的尋歡作樂等同視之吧。」
「這是縣議員的品格問題。別的不說，拿公共設施來代替飯店，簡直荒謬絕倫。」
「但事情不會被擺到明面上。」
「畢竟是議會最大派閥的領袖，大家都心照不宣。說什麼又不犯法、鰥夫總要有管道宣洩，真當現在還是昭和時代嗎？對女性的認知只停留在性榨取的對象。」
接著照前議員大肆批判了男性議員的認知不足之後，這樣告訴他們：
「最可憐的是秘書。森見議員在與女子歡好的時候，他都要在休息室前把風。像這樣，站得直挺挺的，讓記者再怎麼樣也不會誤闖。縣議會裡的人都知道內幕，所以經過休息室前的時候都會裝作沒看到，那時候秘書臉上真的是什麼表情都沒有。也是啦，岳父隔著一扇門翻來覆去做著下流事，自己卻被迫在門前把風，要不是死死裝著面無表情，怎麼幹得下去。」
蓮田坐立難安。這下他明白「絕對服從的僕人」是什麼意思了。
想像著頁直挺挺站在休息室前的模樣，就感同身受般蒙羞。那不僅是老闆，還是岳父。他的恥辱和窩囊定然超乎想像。

「即使受到那樣的對待，森見貢還是跟著森見議員啊。」

「刑警先生，你查過『祝井建設』的法人登記嗎？」

「查過。」

「關於森見議員，還有一則傳聞。『祝井建設』經營不善，工廠被海嘯沖走，就要面臨倒閉的時候，據說是森見議員提供了一筆不小的金額援助。時間上也與祝井貢入贅森見家吻合。森見議員的名字也在『祝井建設』的董事名單上呀。那是森見議員於名於實都將『祝井建設』的生殺大權握在手中的證據。所以那位秘書無論受到什麼屈辱，都無法離開森見議員。」

「絕對服從，是嗎？」

「叫他向右就向右，向左就向左。別說是僕人，只怕說是他養的狗更貼切。」

「身邊沒有同情的人嗎？」

「森見議員都這樣對他了，後援會好像也是把他當狗看待。我也聽說過後援會會長對他頤指氣使。」

蓮田差點就站起來。

貢是一個自尊心很強的人。因為自尊心強，才會戴起面具不願吐露心聲。被岳父和後援會都當狗看待，他一定是死死壓抑著情緒服從的。

「關於森見議員的秘書，我能說的只有這些。如何，有參考價值嗎？」

「有的，非常有參考價值。」

「對了，刑警先生，最重要的你還沒說啊，那位秘書究竟有什麼嫌疑？」

「很抱歉，辦案的情報恕我無法奉告。」

「你問我的我都說了，卻不肯透露，這也太過分了。那我換個問法。依調查的結果，森見議員有倒臺的可能嗎？」

「這也還是無法奉告。」

「太卑鄙了。好吧。我會默默替你們加油，祝你們的調查有好的成果。」

離開休息室後，笘篠沉默許久。似乎是顧慮著蓮田對朋友受辱的感受。

「如果是擔心我，我沒關係的。嫌犯沒有朋友和牛鬼蛇神之分。」

「是嗎？」

笘篠淡淡回答，

「但是，有些話不敢對刑警說卻能跟朋友說。剛才也提到了，森見善之助也是『祝井建設』的董事。若『祝井建設』拿到大型公共事業的訂單有了收益，其中一部分就會變成正當的董事報酬落入森見善之助的口袋。你說報酬多少是誰決定的？」

若森見善之助握有「祝井建設」的經營權，他要怎麼操作自己的報酬都可以。能夠控制都更事業許可的人以隨意契約找好承包業者，將最後的利潤據為己有。這是最單純的鍊金術。

「貢否認了啊。」

「在聽照前議員的話之前和之後，狀況沒變嗎？」

被這樣一問，果真是變了，蓮田一直認為貢謀劃的是祝井家的利益。然而，假設森見善之助為了中飽私囊而驅策貢，那就是另一回事了。

「若吉野澤的臨時住宅能按計畫拆除，都更事業就會順利進行。掛川勇兒的死有什麼關係現階段還不知道，但考慮到拆卸採光窗這個條件，你朋友的嫌疑不僅沒有洗清，反而更加濃厚了。」

蓮田無言以對。

4

翌日上午七時許，蓮田隻身再訪森見家。因為他看準了這個時間有人在家。這天最先見到的，是雙手提著垃圾袋從門口走出來的沙羅。

「我就知道你會再來。」

看到蓮田，沙羅顯得非常難過。

「別露出這種表情，好像我是個壞人似的。」

「我難過不是因為將將來了，我是討厭看到將將覺得難過的自己。」

「我很抱歉。」

「如果是私事，就不會在這個時間來了。是為了刑警的工作吧？」

「公家飯不好吃。」

「你懷疑我家裡哪一個？」

「沒有特定哪一個，全都懷疑。我們調查，是為了把沒有可能性的嫌犯一一刪除。」

「什麼嫌疑？」

「偵查不公開。」

「將將是搜查一課的對吧。我也在網路上搜過新聞了，想看這幾天有什麼要縣警本部出動的案子。」

「和沙羅無關。」

「只找到一樁看起來比較像的，町公所的職員在吉野澤的臨時住宅遇害的命案。」

沙羅的直覺之敏銳實在很煩。

「所以是懷疑我老公或我爸爸殺了人。」

「不是。」

「那，是懷疑我嗎？」

「不要質問刑警。」
「想質問是人之常情呀。」
沙羅遞出其中一手的垃圾袋，看來是要蓮田幫忙搬的意思。蓮田便與沙羅並肩跟著她走。
「這是叫我離妳家遠一點嗎？」
「沒弄清楚你來訪的目的，我不想讓你踏進家門。」
「饒了我吧，我這是公務。」
「那你就以妨害公務逮捕我。」
「……妳變得比以前強勢了。」
「因為我失去了很多。為了保護我看重的，不能不變強。」
蓮田心想，又來了。就因為沒有失去什麼，就感到內疚。
垃圾集中處很快就到了，蓮田將垃圾袋放在沙羅放的旁邊。
「上一次和沙羅一起丟垃圾，好像是高中的事了。」
「將將，要是我老公或我爸是命案的嫌犯，你會抓人嗎？」

「那是我的工作。」

「哦。」

沙羅轉身折回自家。

「萬一你做出給我家人上銬這種事，就不要再靠近我家，不要再和我說話。」

「好狠啊。」

「你以為是誰比較狠！」

沙羅的聲音突然大起來，

「現在是十四年不見的兒時好友在懷疑我爸爸和我丈夫有殺人的嫌疑！這是你的工作，我不會說你背叛，但對我而言，沒有比這更殘酷的打擊。」

被這麼一說，蓮田才發現自己從來沒有站在沙羅的立場思考過。因為尷尬和歉意，蓮田無話可說。

回到門口，沙羅看也不看蓮田便問道：

「你要找哪一個？」

「我想找貢。」

「再三十分鐘，他就會和我爸一起去縣政府。長話短說。」

「我知道了。」

跟著沙羅進屋的同時，就遇到他。

「怎麼，有客人啊。」

森見善之助就站在那裡。但因為穿著居家服，蓮田一時沒認出來。善之助看了蓮田一眼，哦了一聲。

「這不是蓮田家的將悟嗎？好久不見啊。」

蓮田剎那間疑惑了。昨天在預算特別委員會的講臺上展露的傲岸不遜不知到哪裡去了，站在那裡的是一個普普通通的和氣老先生。

「你父母好不好？」

「託您的福，都好。」

「那真是太好了。不能壽終正寢，是很令人傷心的。我們快出門了，不過你慢慢坐。」

善之助消失在通往他房間的方向之後，沙羅就把蓮田丟在客廳裡。蓮田正坐得不自在，還好貢很快就現身了。

「打擾了。」

「學不乖，又來了？」

「說是只有三十分鐘，叫我長話短說。」

「你大可現在就走。」

「問完我馬上走人。」

貢皺著眉就這樣在蓮田正面坐下。

「對了，贅婿先生。」

「諷刺人是嗎？」

「考慮到森見家的狀況，你與沙羅結婚自然是要入贅，所以我沒有諷刺的意思。只是，同樣是贅婿，有些人被當寶，有些人被當僕人使喚。」

貢的臉漲紅了。

「森見議員如何對待你，我聽其他議員說了。」

「反正還不是對立派閥的人。」

「聽說你除了一般的秘書工作之外，還被迫要為一些不得體的事把風。」

「那些人為了拉低我岳父的名聲無所不用其極。」

「我從森見議員後援會那裡也得到了同樣的說法。」

「……那些人全都是性工作者。既不是援交也不是偷情。」

「但你們還是不願意讓本地的媒體知道吧，所以才沒有用飯店。」

「就算是單身，和不特定多數的女性交往還是會流失婦女票。」

「你不生氣嗎？」

「我受到的教導是，秘書的任務就是為議員粉身碎骨。」

何止粉身碎骨。連自尊心強的貢的心都扼殺了。

「真的為議員著想，不是應該勸他別遊戲花叢嗎？別的不說，要是沙羅知道了怎麼辦？」

「她早就知道了。」

貢露出諷刺的笑。

「沙羅絕不原諒，但也無可奈何，只好認了。父女雙方都是成熟的大人了。」

「也許都是成熟的大人，卻不能說多健全。」

「外人沒資格管。」

「森見議員也是這樣跟你說的嗎？」

「我說了，外人沒資格管。」

「我實在不相信你會高興地搖尾示好。先不管贅婿的立場，森見議員是不是掐著你的命脈？」

「我不懂你在說什麼。」

「『祝井建設』的董事中有森見議員的名字。看登記資料，他是在新工廠設立的同時就任董事。他以你入贅和就任董事為條件，提供了設立新工廠的費用，所以你在森見議員面前抬不起頭來。」

「愛怎麼想像隨便你。你就任意想像，取笑和你一起長大的玩伴吧。」

「總比被同情好是嗎？」

貢的臉奇異地扭曲。他那自尊心受到刺激的樣子，讓蓮田同時嘗到優越感與罪惡感。

「我說，貢。」

「別叫得那麼親熱。你明明是以刑警的身分在問話。」

「森見議員是不是命令你做一些比把風更過分的事？」

回答中斷了。

「臨時住宅用地的都更，會為關係者帶來莫大的利潤。森見議員也是其中之一。下次選舉在即，資金再多也不嫌多。為了推動都更，必須照計畫拆除臨時住宅。你是不是奉森見議員之命做了什麼？」

「你在懷疑什麼？直說吧。」

「八月十四日，晚上八點到十點，你在哪裡？」

「哦，不在場證明嗎。所以你懷疑我是凶手啊。」

「別急。只是詢問符合一定條件的關係人。」

「所以只要陷害祝井家的人就能出人頭地，你就甘願走你爸的老路。真是有其父必有其子啊。」

「……回答我。」

「八月十四是吧。」

貢從懷裡取出手機，在螢幕上點了幾下。

「很遺憾啊，刑警。那天，晚間七點到十點，森見議員與後援會會長聚餐。在志津川一家叫『國元』的割烹料理。當然，我也和議員在一起。」

「是嗎？」

貢舔了舔上唇。

「你問完了？」

「是啊，照我承諾的，這就走人。不用送了。」

「誰要送。」

蓮田將貢留在客廳，走出了門口。幸好沙羅也沒有出來送客。

蓮田繞到車庫。裡面停著一輛賓士S550。

兩角的報告在腦海中響起。

「這款「ADVAN Sport V105」主要是用於賓士S Class、BMW X3這些高級進口車。」

蓮田取出向兩角借來的鑑識用貼紙，按在四個輪胎的胎紋上。

貢在提供不在場證明的時候舔了上唇。不知他本人是否注意到，這正是他說謊時的習慣動作。顯然結了婚和沙羅在一起，老習慣還是沒改。

那麼，貢謊稱的，是哪一部分？

「那天，晚間七點到十點，森見議員與後援會會長聚餐。在志津川一家叫『國元』的割烹料理。當然，我也和議員在一起。」

聚餐的事實只要洽詢「國元」馬上就能確認。同席有哪些人也同樣可以確認。這些都是問一問餐廳就知道的。

拓下輪胎的胎紋，蓮田立刻離開森見家。走了十公尺，就看到笘篠從電線杆後面走出來。

「拿到了？」

蓮田揚起貼紙代替回答。

「幹得好。」

「可是笘篠先生，這是未經所有人同意採集的。要拿來起訴有困難。」

「等起訴需要的時候再採一次就行了。最重要的是，你知道那輛賓士的所有人是誰嗎？」

「不是森見議員嗎？」

「我向陸運局確認過了，是在森見沙羅名下。」

笘篠的語氣裡聽得出自信。他是認為森見議員或貢也許會排斥，但沙羅的話能輕而易舉地說服。

「問過本人了嗎？」

「明明白白地提出不在場證明。不過是很容易確認的不在場證明就是了。」

「那我們立刻就去確認。」

笘篠已經不再問蓮田的覺悟了。

兩人回到縣警本部，將貼紙交給鑑識，接著前往料亭。

「國元」是一家位於志津川地區但倖免於難的老字號料亭。蓮田事先查過，但在網路上一則評語都沒有。換句話說，他們大概是不接待隨便在網路上發表感想的客人。

笘篠找到老闆娘，立刻便確認案發當日的聚餐。

「森見議員和後援會的田崎會長是吧？是的，八月十四日晚間七點到十點，都在『霞間』暢談。平日兩位便經常光臨。」

「秘書也同席嗎？」

「是的，每次都一起。不過，用餐是獨自在旁邊的房間用。秘書先生解釋過，這樣森見議員一喊就能立刻應對。」

在宴席上貢也被當成僕人嗎？在一旁聽著，蓮田心生同情。貢說的謊是這部分嗎？

「七點到十點確定沒錯？」

「從前菜到甜點是依時間上菜的。大家都吃完了。大約是晚間十點多一點的時候送的客。」

從「國元」飛車到吉野澤的臨時住宅也要十五分鐘。雖然不算遠，但既然七點到十點的不在場證明已經被證實了，就沒有任何意義了。

次。

雖然撲了個空，蓮田卻放心了。因為這個案子，這樣的矛盾不知已發生過多少次。

「看你一臉神清氣爽的樣子。」

在回搜查本部的車上，笘篠對蓮田說。

「之前我都一副鬼上身的樣子嗎？」

「就是繃得很緊。」

「老實說，我很希望懷疑朋友的事僅此一次就好。」

「案子不是我們能選的。」

蓮田忽然想起，上次的案子便與笘篠個人密切相關。案情讓笘篠痛徹心扉，但還是無情地發生了。從這個角度看，命案是一種災難。不問是誰，就突然降臨。

這下又回到原點。蓮田這麼想著，一回到刑警辦公室，卻發現兩角候在笘篠辦公桌前。

「一致哦。」

劈頭就這麼一句。可見兩角非常激動。

「你們帶回來的貼紙上的胎紋，和留在現場的胎痕一致。不光是這樣，黏在貼紙上的沙也有部分和現場的沙是一樣的。」

蓮田不禁與笘篠對看。

四、獲得與喪失

1

笘篠與蓮田帶回來的貼紙充分發揮了鼓舞搜查本部的效果。

「森見縣議員的車啊。」

在搜查會議上聽了蓮田報告的東雲似乎倍感意外，

「在宮城縣議會說到森見善之助，那可是最大派閥之首。雖然早就推測與不動產有關，但沒想到撈到的竟是議員。」

「正因為是最大派閥之首，才能左右災害公營住宅的許可。而且議員的贅婿家裡正是本地建商。」

「臨時住宅早日搬遷到公營住宅，就更便於那塊地的都更是嗎？掛川勇兒非死不可的動機雖然還不清楚，但好歹連得上了。」

「但賓士是在女兒森見沙羅名下。」

「把不動產或高級房車掛在家人名下，是隱藏財產的常用手法。再加上殺人與密室布置就算是贅婿執行的，森見議員也不可能全然無關。贅婿家是知名的建商是吧。」

「『祝井建設』。是本地的大建商之一。」

「那麼和建設課的掛川接觸過的可能性也很大。」

「但森見議員和贅婿在犯案時間的不在場證明是成立的。」

聽了森見善之助與貢在料亭「國元」的不在場證明，東雲露出恨恨的神情，但很快又恢復原狀。

「作證的是料亭的老闆娘吧。她也可能是受議員之託作偽證，或是給貴客方便。可以請她來廳裡再問一次。」

氣氛頓時緊崩起來。身為指示搜查方針者，這番發言或許算是理所當然，但換個說法，這就是沒有完全相信笘篠他們的詢問。就平常會顧慮調查員士氣的東雲而言，這般言行算是失之輕率，但也證明了責任管理官被逼得多緊。

調查員之中有人臉色大變，但笘篠本人則是連眉毛都沒抖一下。面對管理官還能戴好鐵面具，蓮田認為非常值得尊敬。

「包括料亭老闆娘在內，屬下會從森見議員周邊蒐集情報。」

在上官下令之前，在不越權的範圍內報告自己應做的事。應對滿分，但上司不會喜歡這種下屬。

一散會，蓮田就跑到笘篠身邊，把他從會議室拉出來。

「你要帶我去哪裡？」

「就是盡快遠離管理官他們的視線而已。對了，笘篠先生真的要再訪『國元』嗎？」

「都公開在搜查會議上說了，我會去。去了再次詢問，不過我不會問同樣的話。」

「是給管理官交代嗎？」

「為森見議員和他女婿的不在場證明作證的，有後援會長和老闆娘兩人。不在場證明很完美，但越是完美越是令人起疑。」

「你認為有人說謊？」

「就算只是確認是否做了偽證也很有意義。本來我說的就是『包括料亭老闆娘在內，屬下會從森見議員周邊蒐集情報』。」
原來如此，是把比重放在「森見議員周邊」嗎？
「要先去找誰呢？」
「去問在料亭裡和議員吃飯的田崎後援會會長。」
笘篠和蓮田一起，前往志津川地區的臺地中央住宅區。這一帶的搬遷大致完成，已逐漸形成市區。嶄新的店鋪和住宅林立，有幾分熱鬧。
田崎後援會長的店鋪兼住宅在其中一角。
掛著「田崎不動產」招牌的店鋪門面很窄，全玻璃的窗戶密密貼滿了住宅情報。還好今天不是房仲業的公休日星期三。如果不是帶客人去看屋，員工應該都在公司裡。果不其然，一走進去，就見田崎閒閒地坐在會客沙發上。
「哦，縣警的刑警是嗎？」
看了警察手冊的田崎弦藏興致勃勃地看著兩人。
年齡大概超過七十了吧，臉頰和眼皮都鬆弛下垂，唯獨眼神格外銳利。散發出一種老而彌堅的氣場。

「而且是搜查一課。到底對我有什麼懷疑？」
「田崎先生是森見善之助議員的後援會會長吧？」
笘篠一問，田崎便露出一副那又怎麼樣的訝異神情。
「是啊，我們認識快二十五年了。」
「您是在什麼機緣下當後援會長的？」
「是我高中的學長拉的線。他說他同學要競選縣議員，叫我支持一下。然後就到現在了。」
「所謂的支持具體而言是什麼？」
「就是叫我辦個後援會，把氣氛帶起來。選舉需要有人做事。光靠候選人和家人，光是站上啤酒箱街頭演說就忙不過來了。」
「地盤、名氣、錢包的三者缺一不可，是嗎？」
「除非父母是議員，不然只能靠名氣和錢包。笘篠是吧。你知道選一次縣議員要花多少錢嗎？」
「保證金是最起碼的。」

「保證金六十萬。當然不止這項。人事費、房屋費、通訊費、印刷費、廣告費等等，要二百到八百萬。實在不是一般民眾拿得出來的。」

「那筆資金是田崎先生出的？」

「先說清楚，我可沒有觸犯選舉法。我也不過是個微不足道的房仲。怎麼可能隨便動用八百萬的現金。是贊成森見善之助的政治信念的人集合起來，自掏腰包支持的。」

田崎的神情因懷念而帶著笑意。

「嗯，第一場選舉很有意思。雖然輸了，可是我們之前沒有參與過選舉，無論做什麼都很新鮮，在選舉期間我還一反常態地火熱起來。那時候我們都血氣方剛，也有理想。正因如此，確定落選的時候，我也和森見一起好生失望。不過，當時的懊惱也成了下次當選的養分，結果也是好的。」

「如今說到森見善之助，那可是縣議會最大派閥之首。在選舉中也不再有苦戰之憂了吧？」

「有了地盤之後是安心多了。不管是不是最大派閥之首，都不能掉以輕心。選舉結果是隨人心而變的。若無法理解選民的心情，馬上就會被暗算。」

「您是說現在還是會不安嗎？但是，田崎先生依舊繼續擔任後援會會長的理由就只有這樣嗎？」

「當然是因為折服於森見善之助的人品風采。」

一副這還用說的語氣。

「頭一次當選的時候只能以年輕為賣點，後來兩次三次的，隨著當選次數越來越多，他與生俱來的人情味、熱心助人就越是見長。震災時，儘管自己的妻子和房子都被沖走，還是為了送物資到避難所而奔走，把自己放到後面。主動擔起民眾與警方、消防署的窗口，關心災民的安全。一個只是想要頭銜的議員是做不到這些的。」

蓮田從小便聽說森見善之助很重感情。所以這番話對他而言，不是什麼新鮮事，但透過議員這片濾鏡來看，又會產生不同的評價。

「真是俠義心腸。但我想請教您，震災過了好幾年，您還在漸漸安頓下來的南三陸町繼續當森見議員的後援會長的意義。」

「你很堅持這一點啊，刑警先生。」

「因為我有堅持的理由。現在，森見議員是最大派閥之首，他站在一個可以介入復興公共事業許可的立場。」

「我是房仲，你是懷疑我有什麼好處？」

「公共事業與房仲業不可能毫無關係。就算不是刑警，會懷疑的人還是會懷疑。」

「你們到底在查什麼？」

「至少不是查公職選舉法的案子。」

「不可能毫無關係，是嗎？的確，什麼都不知道的人大概都會這麼想。」

田崎突然轉移視線，仰望天花板。

「您的說法真是令人好奇。意思是，懂得內情的人就不會這麼想嗎？」

「意思是，那種看法太粗略了。同樣叫房仲，因為所在地點不同，狀況也各不相同。」

「我們對房仲是大外行，還請您詳細告訴我們。」

「你知道震災以後，災區的土地行情有什麼變動？」

「不知道。」

「整個宮城縣一坪的單價從震災後的十二點三萬變成十五點四萬，變成一點三倍。目前是呈逐漸恢復到震災前的傾向，有些地方甚至比震災前還高。」

「證明確實在復興了。」

「畢竟，就算是作為短期投資的標的，不看漲的物件也沒有人會出手。宮城正在復興，這個看法本身並沒有錯。但是，這純粹是整個宮城縣的平均值。把每個市、每個地區分開來看，落差就大得嚇人。像這一帶就很慘。你覺得是為什麼？」

「想來是因為復興的腳步相較於其他災區很緩慢。」

「沒錯。當然，對土地的預期依地點會大不相同。像仙台市內復興得快的地區，甚至還有不小的泡沫景氣。」

蓮田實際看過仙台市內和志津川地區，知道田崎的話不假。然而聽到他說的數字，對於差別竟如此之大還是心情複雜。

在同一時刻遭受同樣的災害，一邊是復興得如火如荼，一邊卻是連臨時住宅都無法拆除。明知人流和經濟都不可能均勻分布，但過大的落差還是令人感到無奈心酸。

「原來如此。數字真是很重要。以前只是大致有個感覺，有了數字就能具體理解。」

「我們也是在這一帶有幾塊地，但這幾年只有一成的漲幅，買賣也賺不到利潤。」
「可若是都更就另當別論了。」
對於這個挑釁意味十足的問題，田崎板起了臉。
「所謂的都更是創造新的市鎮是吧？土地當然會出現比過去更高的價值。」笘篠說道。
「那是理所當然中的理所當然。都更的目的之一便是提高資產的價值。提高土地的價格，就能徵收更多固定資產稅。」
「期待這些的選民應該也不少吧？」
被問到這個問題，田崎狠瞪了笘篠一眼。
「如果你的意思是包括房仲和建商在內，那是沒錯。說這是這個地區所有人悲切的願望也不為過。我說，你們到底在查什麼？如果無關於公職選舉法，那到底是什麼？」
「八月十五日，吉野澤的臨時住宅發現一位公所職員死在裡面，這個案子您知道嗎？」

田崎一臉終於明白的神情。

「難不成你們認為森見涉及命案？」

「不止森見議員，與臨時住宅用地都更有關的人我們全都懷疑。」

「森見殺了那個職員有什麼好處？就算森見有動機，他也不可能親自動手的。」

「您說得很篤定啊。」

「包括我在內，敬仰森見善之助的人多的是。怎麼會讓他去做殺人這種骯髒事。」

「屍體被發現的前一天，十四日的晚上，田崎先生在料亭與森見議員聚餐是吧？」

「『國元』吧。是啊，我記得。我們是約晚上七點，大概吃吃喝喝了三個鐘頭吧？」

老闆娘已經作證說兩人七點到十點在「霞間」暢談。田崎的話算是補充她的證詞。

然而，田崎是怎麼說的？

「包括我在內，敬仰森見善之助的人多的是。怎麼會讓他去做殺人這種骯髒事。」

所以這句話，可以解釋為有人會順著森見善之助的心思代為殺人，也可以解釋為有人會毫不猶豫為他作偽證。

蓮田不禁插嘴道：

「當時秘書也同席吧？」

「哦，那個贅婿啊。嗯，從開始到結束一直都在隔壁房間處於『OK』的狀態。」

「OK，是什麼意思？」

「就那個啊，養狗不是會對狗下令『手』、『等等』的嗎？就是那個『OK』。那個啊，已經被訓練到只要森見沒答應，連東西都不敢吃一口。那天為了讓他比我們早點吃完，就沒有叫他『等等』。所以那三個小時，才能沒有別人打擾地慢慢聊。」

竟然把貢當狗！

也不知到底知不知道蓮田的憤怒，田崎以喜滋滋的語氣繼續說道：

「那個贅婿啊，是跟沙羅一起長大的。沙羅愛他愛得要命，不過他正好是在震災後家裡被沖走那時候入贅的，大家都認為他是利用沙羅的感情少奮鬥二十年。而且他家的生意在他和沙羅結婚以後就好轉了。他本人是什麼都沒說，但森見一定是有提供資金的啊。等於是用錢買來的女婿。說他是養的狗就是這個意思。」

蓮田無意識之中身體向前傾。要不是笘篠在最後關頭制止他，他可能會撲上去揪住田崎。

「最後再請教您一件事。吉野澤的臨時住宅及早拆除，對誰有好處？」

「直接的還是間接的？」

「請您兩者都回答。」

「無論如何都是所有居民吧。對現在還住在那裡的人是很抱歉，但不都更景氣永遠都不會好轉。」

田崎露出猖狂的笑容挑釁般說道：

「這個國家是破壞後重建才發展起來的。除舊布新。災區也一樣。在被破壞、被沖走的地方創造新的市區，重獲新生。被沖走之後什麼都不做，也不會有任何進展。要讓宮城縣復活，讓南三陸町復活，絕對不能沒有森見善之助這個人。」

離開田崎不動產後，走在前面的笘篠一直沉默不語。這種時候，耐不住沉默而開口的都是蓮田。

「剛才對不起。」

「一起長大的玩伴被當成狗，氣昏了頭嗎？現在是在辦案，忍著點。」

笘篠回頭細看他的臉色，

「你好像有自己想去探探的地方啊。」

果然被看穿了嗎？

「我想把死者掛川周邊的事查清楚。只是……」

「有些事因為一起長大，所以說不出口吧。手上都有警察手冊了，一直收在口袋裡怎麼對得起它呢？」

看來笘篠不由分說就是要同行。蓮田要去的地方距離現在這裡不遠。無奈，蓮田只好帶笘篠去。

把車停在南三陸町公所・醫院前站附近，小走一段，便看到「友&愛」的事務所了。

一來到事務所，是一名女子——組長桐原茜來招呼他們的。

「不好意思讓兩位白跑一趟，大原現在外出，去給會員諮商了。」

蓮田心中咋舌。明知她的工作不會常在事務所裡，卻因為上次她在同一個時間在就跑來，結果就撲空了。

「請問知……大原小姐什麼時候會回來？」

「要看會員的狀況，所以不敢確定什麼時候。」

蓮田以眼神向身後的笘篠道歉。笘篠卻大步上前，站在桐原面前。

「我想請教一下，大原知歌小姐是什麼時候成為貴處的員工的？」

「『友&愛』是震災第二年成立的，大原小姐是成立第二年時的成員。看到徵人廣告來應徵的。」

「我聽說像貴處這樣的非營利組織很難找到人？」

「我們的主要業務是為災民提供身心上的照護，所以如果沒有照護服務員、臨床心理師、諮商心理師和其他資格，是無法當志工的。本來條件就很高。所以像大原小姐這樣優秀又有執照的人成為我們的一員，真的是我們的一大助力。」

「不好意思，有這麼好的資格，應該有其他條件更好的工作吧？」

「大原小姐強烈希望能夠服務災民。」

桐原的語調低落了些。

「大原小姐本身就是災民。她的情形也不罕見，就是在海嘯中失去了雙親和家，聽她本人說，她一度處於虛脫狀態，經常後悔為什麼當時沒有和父母在一起。笘篠先生，是吧？您也受災了嗎？」

「我失去了家人。」

「那麼我想您也能理解大原小姐的心情。」

因沒能保護自己家人而產生的代償行為。訴諸言語聽起來或許單薄，但一路看著笞篠的蓮田卻能夠在罪惡感中理解。縣民只怕也幾乎都是同樣的處境。

「說什麼時間能解決一切都是騙人的。震災已經過去很久了，還是有很多人因為失去太多而無法重新振作。輔導災民的我們，一定也是透過輔導拯救自己。」

笞篠什麼話都答不出來了。

蓮田正一個人覺得不自在的時候，口袋裡的手機發出來電通知。

是知歌打來的。

「是我。怎麼了？」

「將將，救我。」

聽聲音就知道事情非同小可。

「有人攻擊我。」

「妳在哪？」

「吉野澤的臨時住宅。」

「妳等著，我馬上過去。」

大概是聽到手機的對話聲，笘篠和桐原的臉色都變了。

2

便衣警車飛車十五分鐘抵達吉野澤。

糾紛地點一目瞭然。三個男人正忙著在皆本老人家前面搞破壞。架住抵抗的知歌的那個，顯然是力氣最小的。另外兩個正拿著棍棒敲玻璃窗。

毀棄損壞的現行犯。還沒想到罪名，腳就已經動了，笘篠也幾乎同時起步。二對三，在人數上雖然居於劣勢，但蓮田和笘篠體格好，也受過訓。

先是蓮田撲向男子，硬把知歌拉開。對於蓮田他們的突然現身，男子雖驚訝也不忘反擊。

他使出的右直拳擦過蓮田的臉頰。蓮田是故意讓他擦到的。這樣妨害公務也成立了。

然而，事情不如預期。對方也不蠢，或許是瞬間感受到蓮田的臂力，巧妙地躲過攻擊。

幹架時著急不是好事。

男子的身影突然消失了。

發覺他矮身移到視野之外時已經太遲了。蓮田一腳被絆住，失去平衡，撐不住跌倒在地。

對方一定是本來就不打算纏鬥吧。男子看也不看倒地的蓮田，拔腿就跑。

「站住！」

蓮田大叫的時候，另外兩人也正轉身逃離笘篠。

太大意了。

蓮田急著要站起來，但視野一角掃到伏地的知歌，便擔心起她的安危。

笘篠追著三人越跑越遠。他年紀雖長，腳力卻在蓮田之上。追人的事就交給笘篠了。

「妳還好嗎？」

知歌抖得厲害，仍握住蓮田伸過來的手。搖搖晃晃站起來，便走向被打碎的玻璃窗。

「皆本先生——」

回應她的呼喚，皆本老人膽戰心驚地從屋裡現身，看來是躲在裡面閃避那些人的暴行。

「那些人走了嗎？」

「是這幾位警察先生趕走的。」

正確來說是被他們逃了，但蓮田就不特地修正了。

「怎麼回事，跟我解釋一下吧。」

「哪有什麼怎麼回事！」

知歌想起先前，怒容滿面。

「他們突然就動手了。我正在屋裡跟皆本爺爺說話，他們就跑來開始破壞窗戶。」

蓮田視線移向被敲壞的窗戶。雖說是臨時住宅，但因應寒冷地區，窗戶是雙層的，不會輕易破碎。但也已經出現了無數裂痕，不能再用了。

「妳認得他們？」

「其中一個叫板台，是『握手之誼』這個非營利組織的人，另外兩個就不知道了。」

「他們怎麼會來找皆本先生的麻煩？好歹也同樣是非營利組織啊？」

「他們拿棍棒敲窗戶，我就出去問他們要幹什麼。結果板台竟然說『是為了皆本先生才要弄壞』。說什麼只要臨時住宅不能住了，再怎麼不願意也得搬。」

「什麼狗屁道理。簡直是地皮流氓[註三]會說的話。」

註三：地皮流氓：原文為地上げ。這裡特別專指是給建商當打手惡意騷擾釘子戶，以各種惡劣手法逼走住戶、強買強賣土地的人。日英字典是land shark，有人譯為「土地鯊魚」。

「不是簡直，根本就是。他們硬要把皆本爺爺逼走。」

「皆本先生，之前也有過這種暴行嗎？」

「拿出棍棒這是第一次。」

皆本老人好像憋了好久才喘氣似地長長地吁了一口氣。抬頭看天花板的眼中，有零星的怯意和自我厭惡之色。

「一直叫我搬到公營住宅，煩都煩死了。最後說的話都像恐嚇了，可是好歹沒有動粗。」

所以之前就有預兆，這次終於訴諸武力了嗎？

「但是，非營利組織怎麼會做出這種地皮流氓的事？」

「『握手之誼』本來就是幫倒忙非營利組織。最近轉型成反社會勢力的。」

知歌開始解釋何謂幫倒忙非營利組織。據她的上司桐原茜說，收入來源短缺的「握手之誼」摸索生存之道摸索到最後，就是和黑道勾結。原來如此，那麼板台他們會做出形同地皮流氓的行為就很合理了。

「我們組長說，如果是大規模的都更，大承包商和本地建商都能大賺一票。他們想把皆本爺爺趕出臨時住宅，我想也是為了早點拆除。」

「越聽越像地皮流氓。政府的監督單位竟然能放任這種組織存在。」

「他們在變成幫倒忙之前也沒被盯上。如果沒人正式提告把事情搬上檯面，政府才不會管呢。」

說完知歌沉默下來，卻仍是憤憤不平。

在短暫的沉默後，皆本老人沉重地開口：

「我是不是再也沒有地方住了啊。」

「怎麼會！」

「海嘯把我整棟房子都帶走了。好不容易在臨時住宅安頓下來，撿回一條命的大家一起互相安慰打氣，然後又一個個走了。我都這把年紀了，沒那個能耐再交朋友找酒伴了。別的不說，就連現在我都過得捉襟見肘，要搬去公營住宅是不可能的。被趕出去也是時間的問題。」

「我們不會讓他們得逞的。我一定會逮捕剛才那些惡棍。」

「不是的，將將。」

「哪裡不是了？」

「不管有沒有『握手之誼』，包括皆本爺爺在內，還留在臨時住宅的三戶人家都會被迫搬走。」

知歌氣鼓鼓地說明。

當初，臨時住宅的入住期限依災害救助法定為原則上兩年。直到現在臨時住宅還繼續存在，全然是因為復興事業延宕了。入住期期限配合實情一再被延長，終於超越了一九九五年發生的阪神・淡路大震災時的五年。

一味延長入住期限可能會妨礙復興事業的發展。因此縣藉口臨時住宅是一定期間內提供災民居住，搬出了「提供期間到期時交還住宅」的大前提。在臨時住宅提供期間到期後，雖持續訪問居民、與居民協議，卻也承認溝通無效時不得不採取法律措施的案例，委託各管理市町村收集這類法律依據的基本資料。

「為了配合政策嗎？可是，就算再怎麼下令要人搬走，沒有地方搬也沒辦法啊。」

「若一直拒絕遷出，遲早會透過民事調停強制執行。到時候搞不好就是將將你們警官同仁來把皆本爺爺趕出臨時住宅。」

簡單地說，和把遊民趕出公園是同樣的道理。沒什麼。縣政府要實施的政策，和板台做的事也不過是五十步百步之差。

皆本老人往這邊瞪了一眼。蓮田漸漸感到不自在。

玻璃窗有了裂痕總不能丟著不管，蓮田便試著聯絡上次要了名片的「大和房屋」的高橋。

「感謝您的來電。我們有庫存，比街上的玻璃門窗行還划算呢。」

請他報了價之後，再讓皆本老人決定。心知以他目前的處境要挪出修繕費多半不容易，但這不是蓮田和知歌能插手的。

「先拿報紙還是帆布貼起來吧，不然晚上連覺都沒辦法睡。不過玻璃大概多少錢？」

「可能不用皆本爺爺付。」

知歌扶起鬆了一口氣的皆本老人。

「縣訂定的《宮城展望・震災復興實施計畫》裡，有一句是『為確保災民有安全的居住環境，支援受災住宅的應急修理與受災宅地、擋土牆的復原』。我來申請看看。」

「拜託了。」

皆本老人一副什麼都不想再說的樣子，知歌鼓勵他，和蓮田一起走出皆本家。

「我現在就去公所談。」

「好是好，可是剛才妳說的復興實施計畫沒問題嗎？支援復興的要點是沒錯，但已經預定要拆除的臨時住宅適用嗎？」

「不申請不知道。」

「果然又是想一齣做一齣啊。」

「這又不是第一次。之前我也抱著碰碰運氣申請過好幾次。」

知歌以滿肚子氣的語氣抗議之後，閉上嘴。話都脫口而出了才突然沉默，真是一點也沒變。

閉了片刻的嘴再度打開時，知歌整個人都消沉了。

「最近，我越來越不明白復興的意義了。」

「復興就是復興啊。還有一堆為了這個而訂的法律和條例。」

「將將也聽說了吧？國家和地方行政單位制定的法律，只會規定城市要蓋在哪裡、要怎麼做才能蓋出防災的建築，這些『硬體』。完全沒有考慮要去輔導住在裡面的人。我跟你說，沒家人沒錢的災民不止皆本爺爺一個。不光志津川地區，宮城縣整個災區就有幾百幾千人。可是國家不照顧這些人幫助他們恢復原有的生活，而是以建立新市鎮優先。認為有了嶄新的建築、有了人來人往的市區就是復興。才不是那樣。」

蓮田無話可說。國家和地方政府能制定的只有制度，不會考量到人心。身為一個司法體制末端的工作者，蓮田也自認為懂得制度設計的界限，但他不敢對在第一線傾聽窮苦人心聲的知歌說。

「住在臨時住宅的人，本來都是同一區的居民，後來卻強制搬進公營住宅，與鄰居的來往和地區的關聯都被切斷了。每天，我們都訪問會員，給他們輔導諮商，可是光有地方住，心是無法充實的。災民至今仍流離失所，徬徨無依。」

對知歌的感嘆，也許有人會批評太誇張。也許有人會不滿，認為保障了衣食住還要要求什麼。

然而，知歌自己的家和父母都被海嘯捲走，曾一度無家可歸。雖然不是同病相憐，但彷徨的人們的不安，只有彷徨的人們才懂。

「像剛才修玻璃窗也是，臨時住宅問題一堆。一直到決定把人遷入災害公營住宅的現在都還是。之前是掛川先生擔任窗口，有什麼問題跟他說就好。」

「那是公家單位，負責人不在了，當然會有人繼任吧？」

「就是還沒辦法處理得來。昨天我也因為其他問題跟公所聯絡，被到處轉來轉去。」

所以是打電話沒有結果，就打算直接闖嗎？

「掛川先生處理得怎麼樣？是公所照本宣科的那樣嗎？」

「不是。掛川先生也算是很誠懇了。可是他也就是行政那邊的人，結果也只會勸人早點搬走。我想他本人也不好受。」

「即知即行是好事，不過妳可別跟窗口起衝突。」

「巴不得呢。」

「喂。」

「沒這點膽識，本來能通過的都過不了了。」

自己總不能與知歌同行。蓮田正猶豫著，就看到笘篠從另一邊回來了。還帶著上了銬的板台。

「只抓到一個。」

「一個就夠了。」

「也是，讓他招三個人的分。」

留下知歌雖然多少感到不安，但蓮田也只能跟笘篠一起回縣警本部。

在偵訊室裡，板台變了個人似的，顯得很順從。笘篠問什麼說什麼，一點抵抗的樣子也沒有。毀棄損壞和妨害公務也很乾脆地承認。

但說到動機，就不斷兜圈子迴避。

「所以說呢，刑警先生，我們是非營利組織的職員，隨時都用心準備送出善意的。」

「你送出的善意就是毀棄損壞嗎？別笑死人了。」

「我承認手段是很強硬。不那樣，那位老先生是不會搬出臨時住宅的。那就不能去住公營住宅了。」

「所以你就讓他在臨時住宅住不下去？不如再編個好一點的理由吧。」

「我們可是非常認真的。再繼續死賴在臨時住宅裡，要不了多久也會被強制驅離。那當然是早點主動搬走比較好啊。」

「如果你是真心這麼說，那你就誤會大了，就算是說謊也早就被看透了。你也該說實話了。是誰命令你做這種地皮流氓的事？」

「我說過好幾次了，我們是基於純粹的善意。」

笘篠緩緩將手放在板台頭上。

「我沒閒功夫陪你演戲。」

「真巧。我也很忙呢。」

「忙著搞破壞嗎？那就要請你在拘留所多住幾天了。」

忽然間板台的眼光放軟了。

「刑警先生，你是宮城人吧？」

「那又怎樣？」

「那你就得承認我們的所作所為是社會貢獻。」

「這又是什麼狗屁歪理？」

「不是歪理，是事實。你知道那次海嘯後，有多少災區被劃為災害危險區域嗎？」

「我沒仔細數過。」

「岩手、宮城、福島三縣共有二十五個市町村，總計超過一萬五千公頃。絕大部分都是各地方政府買下準備再利用。那些地方本來就幾乎全是住宅區，交通方便，視規劃利用也能成為復興的推動力。然而，還有三成以上變成閒置土地空在那裡。」

「你是指吉野澤的臨時住宅？」

「哎，說那裡是閒置土地也確實是。像吉野澤那樣的遷移備用地的修整，用的是復興補助金，可是又不知道會持續到什麼時候。期限一過，就會成為各市町村的負擔。本來就因為預算不足想辦法到處生錢的市町村，沒有餘力開發備用地。你知道嗎，已經沒有時間了。不趁現在給吉野澤都更，那塊土地就不會再活過來了。就和被海嘯捲走的人一樣，死了，再也不會回來了。」

「囉嗦。」

笘篠低低的聲音打斷板台。

一看他的臉，連蓮田都一個激靈。笘篠的眼神好似要灼殺對上的人。

「你要胡謅什麼都可以，就是不要冒犯死人。」

大概是察覺到危險，板台投降般舉起雙手。

「好好好，是我不對。但我們日夜活動，不僅僅是為了災民，也是希望災區能早日復興。希望大家能認同我們的理念。」

「至少我認同你多住幾天。」

走出偵訊室的笘篠臉色不是很好看。

「他不肯承認和黑道勾結的事實啊。」

「承認的那一刻就會被認定是叛徒啊。再怎麼自作聰明，也不過是個底層的小嘍囉。既然是小嘍囉，就有小嘍囉的問法。」

「不會吧？偵訊從頭到尾都要錄影的。」

「別誤會。他本人瞞得那麼緊，他們的人不可能輕易就來保人的。」

「因為一來就會曝露出他們的真面目。」

「只要時間許可，我會仔細詢問。」

話雖如此，笘篠的表情依舊不太開朗。這是因為板台的嫌疑很輕微。毀棄損壞罪的刑罰是三年以下徒刑或三十萬圓以下的罰金。對他們來說連勳章都不是。反過來說，也不足以成為與嫌犯談判的籌碼。

「四十八小時以後呢？」

「再去查查『握手之誼』。也許是白費工夫，但要是牽扯上掛川命案就賺到了。」

就現狀而言，除了找新的切入點進行調查也別無他法。

3

被捕的板台有前科。

板台享兒四十四歲，滋賀縣人。阪神．淡路大震災後「握手之誼」隨即成立，板台加入該非營利組織也正是在那時候。「握手之誼」自成立起便因行走在違法邊緣飽受批判，原因之一便是板台的品行。因他未經許可闖入災區神戶市長田區的空屋竊盜。當時他被巡邏的義工發現而遭到逮捕，之後被判有罪，但處以緩刑，「握手之誼」卻沒有將他開除。

「『友＆愛』的桐原茜組長說，『握手之誼』因收入短缺而摸索生存之道，最後與黑道勾結。」

聽了蓮田的報告，坐在自己座位上的笘篠點頭表示明白。

「抓著有前科的板台不放，或許是因為從成立當初就有反社會運動的念頭了。」

「我還是那個問題：他們好歹也是個非營利組織啊。一開始就以流氓為目標，有點難想像。」

「非營利組織的性格受領導人的人品左右。他們的代表春日井仁和，好像有不少問題。」

「可是春日井不像板台，他沒有前科啊。」

「是因為沒失手被抓吧。」

只要過去沒有涉案，警方的資料庫裡就不會有春日井的資料。他是個什麼樣的人物，只能從他不斷用板台這等人的現狀來類推。

只不過，笘篠和蓮田上網看了春日井的訪談報導。一身肥肉穿著亞曼尼，不像非營利組織的代表，怎麼看都是個黑道企業的董事。

「板台不可能是自己去破壞皆本老人的住處的。應該是春日井的指示。」

蓮田正要表示同意時，笘篠桌上的電話響了。接起電話的笘篠一聽到電話那頭的聲音，嘴角便微微上揚。

「麻煩盡可能把人留住。我現在就過去。」

一掛電話，笘篠便苦笑著轉頭看蓮田。

「所謂的說曹操曹操到。春日井來接見板台了。」

蓮田不禁站起來。

「既然對方特地跑這一趟，自然要鄭重迎接了。」

一踏進接見室，負責拘留的同仁正在與一名初老男子說話。

不可能認錯。那人就是春日井仁和。似乎比網路新聞上的更胖，眼神又鈍又濁。看得出身上穿的西裝剪裁上佳，是訂製的。手錶是勞力士，鞋子是CLEMATIS銀座，全身上下都是高檔貨。

「這位是『握手之誼』的代表春日井先生吧？」

「我是。」

「我是搜查一課的笘篠。這是蓮田。能占用您一點時間嗎？」

「我時間很緊。」

「是關於被捕的板台先生。」

對方拋出了這個餌，春日井嘆了口氣作無奈狀。

被帶到偵訊室，春日井毫不掩飾地皺起眉頭。

「這氣氛，簡直像在偵訊我啊。」

「請說說您來接見的目的。」

「接見需要有什麼理由嗎？」

「您見的是一個尚在拘留中的嫌犯，無法保證沒有湮滅證據和洩露案情的可能。」

「你是說我受板台之託企圖湮滅證據？」

「只要您說出目的，我們就不會懷疑。莫非您是來辦保釋的？」

「我沒考慮保釋。」

春日井不以為意地說，

「無論有什麼原因，給災民造成困擾是事實，我認為應該讓他贖罪。這是個讓他在牢裡重新反省自己的好機會。」

「毀棄損壞加上妨害公務。而且他還有前科。」

「大概免不了被判刑，但板台對我們而言，是不可或缺的人才。我會和律師商量，好讓他盡快被放出來。」

才說要讓人贖罪，口水還沒乾就揚言要趕快把人撈出來。不知是沒發現自己的矛盾，還是本來就不在意。

「您知道他做了什麼嗎？」

「拿棍棒敲人家家裡的玻璃窗是吧。聽說那戶人家還是老人，讓人感到不必要的不安，真的很抱歉。」

「就算不是老人，突然被人持棍棒攻擊都會怕的。『握手之誼』的活動，是仿效尾崎豐的歌嗎？」

怎麼可能——春日井置之一笑。

「『握手之誼』的活動理念是陪伴災民，消除他們對生活的不安，走向充滿希望的未來。」

「那麼就是言行不一了。板台的作為不僅不是走向充滿希望的未來，根本就是破壞，只會讓臨時住宅的居民害怕。」

「破壞是事實，但或許並沒有怎麼偏離走向充滿希望的未來這個目的。」

「『再繼續死賴在臨時住宅裡，要不了不久也會被強制驅離。那當然是早點主動搬走比較好。』偵訊時，板台是這麼供述的，可以把這當作『握手之誼』的理念嗎？」

「破壞臨時住宅顯然是用錯了方法，但及早搬進公營住宅的想法一點也沒錯。總之，就是方法論的不同。」

「因為方法論的不同日常生活就要受到威脅，真是豈有此理。」

笞篠罵也似地說。但春日井只是拿混濁的視線看過來，一副渾不在意的樣子。

「臨時就是臨時，不是永遠的。及早遷出，對災民的幸福才有直接的幫助。」

「聽板台說的時候就覺得了，這完全就是地皮流氓的說詞。」

春日井沒臉沒皮地笑了。

「看來你對收購土地有負面印象，但都更是國策。是你們的僱主——國家的政策。不同的只是在於執行的人是穿著西裝的銀行家，還是背上有刺青的黑道而已。外表不同，做的事卻是一樣的。安撫籠絡土地所有權人，有時候拿成綑的鈔票拍拍他們的臉。這些最終同樣是給他們帶來充滿希望的未來，有助於國家發展。」

聽春日井的說詞，蓮田隱約能夠理解他的無恥是怎麼來的了。

他全豁出去了。

春日井是這樣，而板台只怕也一樣，他們絲毫不認為自己的行為是在幫助災民。他們很清楚自己的所作所為就是和黑道一樣無法無天。

「有助於國家發展，是嗎？真了不起。請問，『握手之誼』的資金究竟是從哪裡籌措的？」

非營利組織的收入，主要是以下六種來源。

・會費
・捐款
・助成金
・補助金
・收費活動、事業收入
・融資來的借款

「握手之誼」這類團體能指望的，大概就是助成金和補助金，以及融資來的借款了。然而，從春日井的勢頭，看得出他資金豐沛。

「我看過貴組織的事業報告了。就資產負債表和財產目錄看來，看不出有定期收入。會費也是，『握手之誼』的會員不到四十位。其實，連付事務所的租金都很勉強吧？」

對此，春日井連眉毛都不抖一下。

「聽你說的，好像我們非營利組織有什麼不正當的收入似的。」

「貴組織也沒有販售周邊商品，收益活動是零。」

「我們有不定期捐款。有很多人支持我們陪伴災民的宗旨。」

春日井沒有接受笘篠的挑釁，左閃右躲地迴避。看得出手法嫻熟，至今不知閃避過多少次追究問責。

「從剛才你的問題就是圍繞著『握手之誼』，說和板台有關是幌子嗎？」

在巧妙迴避問題的同時，無懼刑警的問話且不忘回擊。短短的幾個來回，就看得出春日井是個老油條。

然而，若論老油條，笘篠也不遑多讓。

「不，板台的供述內容與您的話完全符合，因此我們只能推測他對臨時住宅的攻擊也是拜『握手之誼』的教育所賜。」

「關於這一點，只能說我教導無方了。只不過，也不勞警方為敝組織的營運擔心。先前也被說惡質惡質的，我們好歹是合法的非營利組織，被人和反社會勢力擺在一起，委實令人遺憾。」

「打破別人家的玻璃窗，確實是反社會行為無誤。」

「所以我才想著讓板台受相應的懲罰。」

蓮田心想，這是在抬槓啊。你攻我也攻，你逃我也逃，根本雞同鴨講。

「可以了嗎？我也很忙的。」

「那麼，有機會再向您請教。」

「但願永遠不會有機會。」

放了春日井之後，笘篠還是一臉凝重。

「偵訊那樣就算了嗎？」

只要春日井本身沒有犯上任何嫌疑，問話也有限度。明知如此，看他從頭到尾那厚顏無恥的態度實在很不愉快。

「能從本人拿到供述是最好，拿不到就去找本人以外的人。」

笘篠帶著蓮田去了組織犯罪對策部五課所在的樓層。

「『握手之誼』的春日井仁和嗎？」

五課的山縣似乎一聽就想到了。

「你對這名字有印象，是因為他涉及什麼案子嗎？」

「不是，只是被目擊到和本地的黑道分子聚餐而已。看他們走得近就先列入名單而已，倒不是春日井本人有涉案。一課是為了什麼嫌疑查他？」

「我們這邊的狀況也差不多。不是他本人，是跟他有關的。五課對『握手之誼』查到什麼程度？」

「以前和現在都僅止於幫倒忙非營利組織。因為不是搜查對象，也就沒深入調查。不過，我知道代表春日井不是什麼正派人。」

「有什麼根據？」

「這個嘛，直覺吧。」

山縣大言不慚。

「也太籠統了吧。」

「不見得哦。你來對付那些黑道五年看看。保證用聞的都聞得出是不是正派人。一個人是不是習於暴力，是不是走上歧路，清清楚楚。」

山縣的話雖是歪理卻充滿自信。應該是五年的見聞讓他的話有了說服力，但多年負責重大刑案的蓮田可以理解。去過幾百個現場、看過幾十具屍體、面對過嫌犯無數的虛偽，辨別能力不想長進都不行。

「我們只能處理已經發生的案件。可悲的是，頂多只能給黑道施加些壓力，要防患未然幾乎等於不可能。一課也一樣吧。」

「一課是有了屍體再說。」

「盯上春日井算你厲害。那種人動不動就會搞出點什麼。盯著他不會有錯。」

「要是人手多一點就好了。」

結果，去了一趟五課也沒有得到有用的情報。然而，笘篠可不會這樣就放棄。到了地下停車場，便主動坐進LEGACY的駕駛座。

「笘篠先生，你到底要去哪裡？」

「蛇有蛇路，鼠有鼠道。問五課也問不出個所以然，那就去問同類。」

LEGACY載著兩人進入多賀城市中央三丁目。來到這裡，蓮田也看出目的地了。

「笘篠先生，我實在不太想去。」

「是因為對方不是正派人，還是因為他本人？」

「都有。」

「現在要找的是不乾淨的情報，免不了要伸手進泥濘裡摸一摸。」

他們來到複合式大樓的其中一戶、掛著《帝國調查》牌子的門前停下。笘篠透過對講機說明來意。以前都是不管三七二十一敲門的，看來是在蓮田不知不覺間，他們之間已經會講一定程度的禮貌了。

「喔，笘篠老大。」

從門縫露臉的是五代良則。

「可以進去嗎？」

「反正我說不可以，你還是會進來吧？」

事務所裡十分雜亂。各種名簿類的檔案夾雖然收在鐵櫃裡，還是會看到散亂的西裝外套和幾乎要滿出菸灰缸的菸蒂。不等人招呼笘篠便就近找椅子坐下，蓮田便也跟著照做。

茶几上放著一只裝有琥珀色液體的玻璃杯。

「大白天就喝酒嗎？真叫人羨慕。」

「我又不像笘篠先生吃公家飯。就恕我不客氣了。」

五代當著兩個刑警就喝起酒來。十分不客氣，但反過來說，也代表他沒有做十分心虛之事。

五代有詐欺前科，卻也曾幾次提供有用的情報，和笘篠一直維持著孽緣。蓮田巴不得他們立刻劃清界線，無奈笘篠不聽。

只是，他也不是不明白笘篠為何會找上五代。五代這個人絕對不乾淨，卻兼具聰明和莫名的俠氣。即使是一雙醉眼也令人感覺得出他的才智，明知他有詐欺前科還是會忍不住想要相信他。

「那，今天有何貴幹？」

「你知道春日井仁和這個人嗎？」

「春日井仁和。好像是哪個非營利組織的代表？」

「一個叫『握手之誼』的團體。」

「哦，是這個名字沒錯。我想起來了，一個一臉沒教養的傢伙。」

「春日井是黑道嗎？」

「有點不一樣。勉強算是和半灰[註四]同等，或者還不如吧。」

五代搜尋記憶般望著天花板。

「我記得好像是從大阪輾轉過來的？」

「組織是因阪神．淡路大震災成立的。」

「因阪神．淡路大震災而生的類非營利組織，連東日本大震災都不放過嗎？簡直是趁火打劫。」

「聽你的語氣，是聽過不少傳聞囉？」

「就非營利組織的『非營利』而言，他們做的事跟非營利組織完全扯不上邊。一開始就擺明了用非法手段賺錢的黑道分子還比他們光明磊落。」

「你指的是地皮流氓？」

「地皮流氓還算好的。」

「最近，他們的成員才打破了臨時住宅的玻璃窗。」

註四：原文為「半グレ」，為日本的不良集團，多由飆車族演變而來，介於不良少年和黑道之間。

「以為自己是不良少年嗎？不，我聽說的，更盛大些。像是恐嚇住戶、動手打人，硬把人逼走。」
「不止毀棄損壞，還傷害？」
「本來的地皮流氓作法漂亮多了。所以我才說地皮流氓還算好的。」
從五代的語氣，聽得出他對春日井等人的侮蔑。在蓮田看來是五十步百步的同類，但他本人一定認為是非我族類吧。
「做這種地皮流氓的事，對春日井有什麼好處？」
「當然是想著承辦都更的承包商或土地所有權人有賺頭，才會找他們做骯髒事的啊。」
「既然是骯髒事，不應該去找真正的黑道嗎？」
五代一聽便微笑著搖食指。
「刑警先生可不能忘記啊。《暴對法》施行以後，承包商就不能再找黑道辦事了。表面上啦。但遇到必須趕人的時候，就不能不派出實戰部隊。可是又不能找黑道。」
「所以就找偽非營利組織嗎？」

「答對了。找非營利組織去談遷出，而且是標榜陪伴災民的團體，不僅理由光明正大，也不容易被警方盯上。而該偽非營利組織又巴不得要能賺錢的工作，所以一石三鳥啊。」

「春日井，不，指使『握手之誼』的是誰？」

五代用一隻眼睛瞥了笘篠一眼。

「笘篠先生是搜查一課的嘛。重大刑案和地皮流氓，有什麼關係嗎？」

「是我在問你。」

「為了安全起見我要先聲明，那些人是做不了殺人這種大事的。也不過就是連半灰都當不了、一群不上不下的人。」

「再怎麼不上不下的人，也不能保證不會在突發狀況下殺人。有些殺人是發生在傷害的延長上。」

五代以探索的目光看笘篠。

「笘篠先生，你該不會是來跟我對答案的吧？」

「既然你這麼想，就快說吧。春日井是聽命於誰？」

「我沒有看過現場，沒有任何依據。不過就是那一帶流傳的傳聞。」
「如果是一些無憑無據的傳聞，在傳開來之前就消失了。你的工作本來就是篩選這類情報吧？」
「感覺好像被看透了似的，不怎麼舒服啊。」
五代忽然將視線從笘篠身上移開。
「南三陸町有一家建設公司叫『祝井建設』。第二代入贅到縣議員家，卻是實際上的老闆。聽說用春日井的就是他。」
蓮田差點驚叫出聲。
這時笘篠才露出了然的神情。
突然之間，蓮田想到笘篠的用意。笘篠是比照著貢來蒐集情報的。
要將臨時住宅布置成密室，必須有建築相關的技術。
開妻子沙羅名下的車出入犯案現場的事實。
再加上貢想利用「握手之誼」拿到臨時住宅用地的傳聞。
這些各別的條件綜合起來，暗示貢是殺害掛川的凶手。

離開五代的事務所之後，蓮田仍拚了命不讓笘篠發現他內心的動搖。

「這樣就串起來了。」

「是啊。」

「可是，森見貢殺害掛川的動機還是不明。」

坐進LEGACY的駕駛座之後，笘篠的話還是很少。但蓮田大致猜得到他在想什麼。

掛川個性老實，雖然不會設身處地為住戶著想，卻肯傾聽。也就是說，掛川很有可能以住戶的想法為優先而妨礙了他們遷往災害公營住宅。這麼一來，便成了想將臨時住宅用地都更的貢的障礙。

排除障礙最快的辦法就是抹殺。

貢有責任撐起「祝井建設」員工的生活。一個小小公務員擋了路，貢會採取什麼行動？

每當想到這些，心頭就越發苦澀。

4

翌日，兩人前往南三陸町的料亭「國元」。

理由不用說蓮田也知道。是為了重新查明貢的不在場證明。據五代的情報，貢已經著手要逼走臨時住宅的住戶。再加上，貢有拆除天窗的技術。換句話說，他有動機也有方法。

再來就是機會。貢之所以被排除在調查對象之外，是因為犯案時間他與森見議員在「國元」，有不在場證明。只要破解這個不在場證明，貢就會成為嫌疑最大的嫌犯。

今天是蓮田開車。笘篠坐在副駕座上，只是望著前方。

「快點。」

「呃。」

「速限是五十公里。」

一看，儀表板是四十公里左右。蓮田連忙踩了油門。

「有心事？」

「沒有。」

「破解森見貢的不在場證明讓你提不起勁來？」

「我自認為並沒有公私不分。」

「那就好。」

不久LEGACY抵達「國元」的停車場。下車時，笘篠掃視了四周一圈。

找到老闆娘，請她準備會客室。對於他們的再訪，老闆娘也一臉狐疑。

「森見議員和田崎先生聚餐一事，就如上次向您說的那樣。」

笘篠卻平穩地追問下去：

「但是，老闆娘，那是您的貴客，而且是縣議員和他的後援會會長。即使是一般的聚餐，想必難免會提到一些不便外洩的話題。」

「這我們當然都懂得。本來前菜到甜點是一道一道上的，但除了必須趁熱吃的烤物和湯，都是兩道一起上的，盡可能不打擾貴客。」

「同行的秘書也是同樣的菜色嗎？」

「不是的。」

老闆娘立即答道，一副當然不是的樣子。

「包廂裡的兩位用的是套餐，秘書的只有一道。」

果然不能和議員他們吃一樣的——蓮田心中有一絲同情。

「一道。那麼也就不會為了上菜收盤而進出了？」

「是的。是收包廂的甜點時一起收拾的。」

「向您確認一下。所以從最先端出那一道料理到收回『霞間』甜點這大約三小時期間，秘書等候的房間都沒有任何人進去過？」

「是這樣沒錯。」

蓮田不禁向笘篠使了一個眼色。

從「國元」到吉野澤的臨時住宅，開車約十五分鐘。距離不算遠，有三小時，去現場犯案再回來，時間綽綽有餘。

笘篠不理蓮田的激動，平靜地繼續發問：

「那麼，就算秘書離席暫時沒回來，料亭這邊也無法得知囉？」
老闆娘似乎終於明白了問題的意思，表情一下就僵了。
「就我們所知，森見議員和秘書一直都在享用料理。」
「您能在法庭上作證嗎？」
「我說的是，就我們所知。」
蓮田心想，上勾了。
「換句話說，您的意思是也有可能中途離開料亭？」
「我們並沒有二十四小時監視客人。」
笘篠的嘴唇微微揚起，這是他確信抓住對方弱點時的表情。
「老闆娘，您這裡的停車場裝有監視器吧。可以借看影音資料嗎？」
老闆娘的臉色頓時變了。
「這是正式的偵查的要求嗎？」
「如果要走正規手續，我們會出具指定調閱申請書，但那樣一來，與本案無關的資料也會成為分析對象。例如除了森見議員以外到貴店光顧的出入客人等等。」

老闆娘的臉色更加難看了。

「國元」不僅是南三陸町赫赫有名，在宮城也是知名的料亭，因此除了森見議員，常來光顧的客人也不少。其中想必有些人並不想讓人知道他們私下有聚會。

「小道消息說，凡是名店，一般被稱為反社會勢力的團體可能也會光顧。店方明知道也不好拒絕，您一定很為難。」

站在保護客人隱私的立場，「國元」肯定無論如何都希望避免所有資料都被拿去分析。笘篠就是戳在這惱人的一點上。果不期然，老闆娘露出像被逼得走投無路的小動物的懇求表情。

「若此時您能協助辦案，我們也能將不必要的資料排在後面。我也可以答應您，分析完資料便迅速歸還。」

只是排在後面，絕對不說刪除。這種兜圈子的說法讓對方拿不到保證，但走投無路的老闆娘無從反抗。

「真的能馬上歸還嗎？」

「我答應您。」

尤其是沒有指明期限，即使還得晚了，老闆娘也不能說什麼。

「我馬上叫人準備。」

老闆娘瞪了笘篠一眼才走出會客室。

「怕了？」

「沒有。」

笘篠臉上沒了表情。

「談判很強勢？」

「為了辦案這是當然的。」

說完，蓮田才赫然發覺。

笘篠真正的談判對象不是老闆娘。

是蓮田自己。

笘篠不惜以形同脅迫與老闆娘談判，熟悉貢的蓮田也不能做做表面功夫就算了。他不得不犧牲過去的友情和關係來面對嫌犯。

雖然應該早已做好心理準備，蓮田卻還是有些迷惘。笘篠就是要斬斷他的迷惘。

老闆娘提供的監視器硬碟當天便交給了鑑識。警方也早已查出沙羅名下那輛賓士S550的車牌號碼，立刻就能判別。

「那輛車停在一個好地方。從車種到車牌都一目瞭然。」

鑑識課的兩角指著螢幕開始說明。螢幕的影片從賓士的車尾燈亮起前開始播。

「停在料亭的賓士是晚間八點十五分離開的。」

時間碼指到20:15時，貢的身影從畫面後方出現。貢提防著四周，迅速坐進駕駛座。車尾燈亮起，賓士從鏡頭中消失。

「之後，該車回來停在同一地點。時間是晚間九點二十二分。」

時間碼顯示為21:22時，同一輛賓士從畫面後方出現，準確地停在最前方的位置。貢打開車門下了車，小跑著進了料亭。

時間碼指出了貢不在場證明被破解的事實。

蓮田很困惑。本來應該激動的，腦海卻很冷靜。大腦為了理解狀況而下令冷卻。

兩角走了之後，冷靜下來的頭腦才總算開始運轉。

「這麼一來，森見貢的不在場證明就不成立了。」

「是啊。」

「要約談他嗎？」

「你認為呢？」

笘篠反問。

「動機、方法、機會三者都齊了。只差本人的自供。」

「依現狀，我認為自供很難。」

考慮到貢的個性和目前的立場，即使笘篠和蓮田詢問，只怕他也不會輕易被說動。密室的構築方法和動機都出於推測，若不證實貢離開料亭「國元」的晚間八點十五分到九點二十二分之間在哪裡做些什麼，最終就是會被他敷衍過去。

很少有嫌犯是笘篠的詢問攻不破的，但貢肯定就是其中之一。他很冷靜，隨時都在觀察對方的破綻。如果是盟友自然可靠，但如果是敵人，沒有人比他更難對付。

「只憑狀況證據，只怕最後就是被繞來繞去躲掉。要引出他的自供，必須要有物證。」

「我也這麼認為。」

笘篠的回答雖簡短，語氣卻似乎話中有話。正想問的時候，蓮田桌上的電話響了，一樓櫃臺打來的內線。

「有人想見吉野澤案的負責人。」

「是誰？」

「死者的家屬。」

掛川勇兒的家屬就只有妹妹美彌子一人。她到底有什麼事？

笘篠顯然是聽到櫃臺的聲音，舉起一隻手。

「我得向課長報告監視器的分析結果。不好意思，你能不能去看一下？」

這不像平常會正面面對死者家屬的笘篠會說的話，但不好讓人久等，蓮田便隻身前往一樓。

「對不起，在您忙著辦案時來打擾。」

許久不見的美彌子臉頰有些消瘦。

「先換個方便說話的地方吧。」

蓮田將美彌子帶到一樓被隔出來的一角。如果談話內容需要保密，就立刻換地方。

「還沒有凶手的線索嗎？」

一開口便是這句。蓮田本來還期待她能提供新線索，一聽便大失所望。

「不好意思。即使是家屬，我們也無法透露辦案進度。」

「只告訴我是不是有嫌犯了也可以。」

這就是案情，但就算解釋了只怕美彌子也無法接受吧。

「我只能說，案情有進展。能不能請您再等一等？」

在蓮田的注視下，美彌子的頭漸漸低下去。眼看著她的頭頂對著自己，接著便聽到細細的啜泣聲。

水滴滴落在茶几上。

蓮田趕緊拿出自己的手帕，但還沒遞出去，美彌子便用自己的小方巾捂住了臉。

「對不起。最近我的淚腺太鬆了。簡直就像花粉症末期症狀。」

她手中的小方巾在拿出來的時候就已經是皺的。可見來這裡之前就用過了。

「每當想起命案、想起哥哥，眼淚就會流出來。還來不及感覺到悲傷或不甘，眼淚就自然湧出來了。」

她是情緒不穩定，身心狀況失調了嗎？這樣的話，美彌子應該找的不是警方，而是醫院。

「我真的好不甘心、好不甘心。之前也說過，我們兄妹在震災中失去了雙親。好不容易活下來，哥哥卻那樣失去性命，我好恨好恨凶手。」

「我們一定會逮捕凶手的。請不要擔心。」

「刑警先生說是這麼說，」

美彌子的眼中忽然帶著幽暗的光。

「您知道森見善之助這位縣議員嗎？」

突然搬出這樣一個名字，蓮田大感意外。還好沒表露在臉上。

「知道。那是縣議會最大派閥之首。」

「議員家就在南三陸町的志津川地區，這您也知道嗎？」

蓮田故意不答，就看美彌子的臉上出現猜疑之色。

「警方去森見議員家是真的嗎？」

「誰說的？」

「在志津川地區的朋友告訴我的。那個朋友對車子很有興趣，說車種是LEGACY，後玻璃貼了膜的，十之八九是便衣警車。」

竟然還有具有這種不必要的知識的朋友。蓮田好想臭罵這個未知的人物。

「要是縣議員是殺害我哥哥的嫌犯，警方是不是不敢逮捕？」

「妳誤會了。」

不知不覺聲音變大了。蓮田動員了所有的自制力，找回了冷靜。

「首先，光看車種和後車窗玻璃就斷定是警方用車，太莽撞了。很多愛車人都會在玻璃上貼隔熱貼。再來，就算警用車真的停在議員家，只怕也和令兄的案子無關。」

蓮田努力淡淡說話看來是奏效了，美彌子神情中的強硬退去，再加把勁，就能重拾她的信賴。

「第三，也是最大的誤會，嫌犯是縣議員也好，是名人也罷，警方辦案絕不會因為對方的頭銜就鬆手。這是對警方的侮辱。」

話一出口，便刺向自己的心。

何止是對方的頭銜。因為老朋友的交情就退縮的自己，不是更愚弄警方嗎？

「對不起。」

美彌子垂下的頭垂得更低了。

「我不是要說警方不好。可是，後來就沒有看到案子的報導，我又急又慌。」

拜託，請妳把頭抬起來。

罪惡感與自我嫌惡好像讓心變黑了。

「請把頭抬起來。我們知道家屬很遺憾，也理解沒有看到後續報導的著急。但是，請不要以為沒有進度就死了心，自暴自棄。我們一定會抓到凶手的。」

要是笘篠在場，一定會警告他別隨便給保證。但如果不這樣告訴美彌子，蓮田的自我好像會變調。

他從來沒想像過，私情與公務會以這種形式起衝突。

美彌子總算振作了精神，慢慢抬起頭。臉上涕淚縱橫看著可憐，但神情是平靜的。

「給您添麻煩了。」

「哪裡。」

「既然都麻煩了，我就厚著臉皮再求您一件事。等到逮捕到凶手，能不能請您第一個通知我？」

「我知道了。」

美彌子最後深深行了一禮，走出縣警本部。

目送她離去後，蓮田才後知後覺地明白笘篠讓自己單獨出來應對的真意。和他強勢與「國元」老闆娘交涉一樣，要蓮田直接面對死者家屬的悲傷遺憾，也是斬斷私情的策略。

雖然有點恨笘篠這種有些強制的手法，同時卻也心生感謝。

回到刑警辦公室，笘篠也已經回到自己的座位了。正背靠著廉價椅子，視線停留在半空中。

「我回來了。」

「辛苦了。」

問也不問與美彌子說了什麼。一定早就料到他們的談話內容了吧。

「在想事情？」蓮田問道。

「在找最後一塊拼圖。」

「動機、方法和機會。還缺什麼？」

「凶器。」

五、援助與庇護

1

掛川勇兒是後腦遭鈍器重擊。應是被頗具重量之物毆打，創口像石榴般裂開。

解剖報告對創口有更詳盡的記述。

「鈍器使創口呈凹型。報告中並未記述，但負責的法醫推論應是使用有角的東西。」

聽到笘篠的說明時，蓮田當下就想到角材。有重量，使勁打下去能打破頭蓋骨。形狀也令人聯想到創口。

而「祝井建設」有堆積如山的角材。

「現場附近遺留的賓士胎痕只有來回一次。你怎麼想？」

「依公車司機的證詞，我們可以知道掛川到中途的行動。」

掛川都是搭公車到距離臨時住宅最近的公車站。應該是因為下班時間後無法使用公所的公務車。

「應是森見貢與掛川聯絡，在公車站附近碰面。至今沒有找到他的手機，一定是不想讓人看到通訊紀錄。」

「依照這個假設，凶手就是在公車站和臨時住宅的中間地點行凶的。」

蓮田推論的經過如下：

貢在晚間八點十五分開賓士離開料亭「國元」。在行凶現場與掛川碰面，將之殺害。以賓士載屍體前往吉野澤的臨時住宅，丟進空屋。然後返回「國元」，於九點二十二分抵達。

「假如是用車把屍體搬到臨時住宅，車內可能還殘存著掛川的血跡或毛髮。」

「沒有搜索令沒辦法查。」笘篠說道。

「我會在搜查會議上提。」

緊接著搜查會議便開始了，蓮田報告利用監視器破解了嫌犯之一貢的不在場證明。

「由嫌犯的本行看來凶器非常容易取得。又因其從事建築業，短時間內便能拆下現場的採光窗。再加上又沒有不在場證明是嗎。」

東雲的語氣雖平穩，但人顯然很激動。

「問題是動機和物證。森見貢因為家裡的生意急於拆除臨時住宅可以理解。但死者掛川勇兒也是站在必須推動災民遷入災害公營住宅的立場，原因雖與森見貢不同，目的卻是相同的。目前卻還沒有查出他非殺害掛川不可的積極動機。」

蓮田頓時詞窮了。這就是無法視貢為最重要嫌犯的最後障礙。

相反的，還好有這道最後的障礙，他才不用給貢上手銬。焦躁的同時也安心，這種心情除了諷刺也無可形容了。

「動機只能靠偵訊讓他吐實。」蓮田回答。

「什麼亂來的方針。」

東雲難得苦笑。沒有罵人證明他現在心情從容了。

「其實二課對本案相當關心。每逢選舉縣議會裡就有不法金錢流動向來不是新聞。二課以來源不明的錢出自最大派閥，期待這次搜查能夠查出更加明確的出處。」

東雲說道。

「嫌犯的岳父森見善之助名列『祝井建設』的董事。」

「『祝井建設』若拿到公共工程，森見善之助自然會有進帳。要是能把女婿叫來約談，在命案之外再拿到關於森見善之助錸金的證詞，就一石二鳥了。」

貢身為森見議員的秘書，肯定詳細掌握了金流。二課的預期果然切中要點。

「現在還有森見貢僱用了先前逮捕的板台所屬的『握手之誼』的消息。這就足以要求他到案說明了。」

既然沒有物證能證明貢殺害了掛川，東雲的方針便極為妥當，沒有反對的餘地。

一散會，蓮田便跑到石動那邊。

「請讓我偵訊森見貢。」

或許是因為蓮田平常極少直接提出要求，現在他低頭懇求，石動看他的眼神便帶著狐疑。

「聽說你認識嫌犯。不會被私情影響嗎？」

「正因為認識，我能掌握對方的破綻。」

「你能掌握對方的破綻，對方不也一樣嗎？」

「我沒有隱瞞。有所隱瞞的人一定居於劣勢。」

「好吧，你就試試吧。」

這樣說完，石動的視線移到笘篠身上。

「但是有條件，笘篠要跟在旁邊。」

「了解。」

離開石動，蓮田便做了一個深呼吸，讓自己平靜下來。

主動爭取偵訊，是基於孩子氣的執著。

不想讓別人給戴上手銬。不想讓任何人看見他低下頭的樣子。

除了我。

正想著事情，笘篠不知何時站在他眼前。

「沒事了？」

光是這三個字，蓮田就知道笘篠一直照看著自己。

「沒事了。」

「走了。」

「去哪？」

「我向議會問過森見議員的行程了。」

笘篠和蓮田去的是石卷港。石卷港是縣北部的物流據點，是一座支撐木材、食品、飼肥料、鋼鐵、造船、製紙相關產業的臨海型工業港。石卷市的製造業就業人口約占全市的三分之一，為地方經濟的中樞。

然而因東日本大震災，岸壁、民間護岸、航線泊地等主要的港灣設施都損傷重大。同時，三陸沿岸大範圍的地盤下陷造成的海水倒灌又成為全區的課題。

森見議員此行是為了視察石卷港修復工程的進度。當然秘書貢也同行。儘管有黑金政治、操作選舉等負面傳聞，森見議員確實也對地方社會的復興盡了一份心力。

漁業重新啟動，復興工程也同時進行。離開了港灣邊建築機械來回、戴著安全帽的作業員四處走動的地方，便看到一個貌似漁夫的男子正專心地在岸壁上攤開魚網加以修補。只見他拿一個四方形木槌般的東西輕敲魚網，挑掉小雜物。

蓮田尋找森見議員和貢的身影時，笘篠便漫不經心地看著作業員與貌似漁夫的男子的動作。

「笘篠先生，你在做什麼？」

「欣賞港邊的風景。」

「這我知道啊。有什麼事情引起你的興趣了嗎？」

「凡是宮城縣民應該都會感興趣的。港灣的修復工程，和以前一樣的工作。這兩者都是復興的象徵。」

「你還有閒心想這些。」

「不是閒心。這很重要。」

蓮田什麼都說不出來了。

包下港灣工程的是「祝井建設」。本來應該在現場指揮的貢，今天也站在陪同視察的立場。然而，主角視察團卻還不見蹤影。當蓮田開始著急，擔心會不會是哪裡出了錯時，公務車終於載著一行人來了。

蓮田趕緊找森見議員和貢。

有了。

森見議員從領頭的那輛車下來。然而，卻沒看到應該為他帶路的貢。之後，其他議員和秘書紛紛下車，貢還是不在。

怎麼回事？

這時，在隊伍最後看到一輛熟悉的賓士。蓮田從車牌號碼認出那是森見家的車。

蓮田立刻跑過去，但看到下車的人卻停下來。

是沙羅。

她一看到蓮田，便目不斜視地走過來。事到如今，蓮田無處可逃。

「你好像很吃驚。」

「妳怎麼會跑來這裡？」

「我老公不會來了。」

一句話便打消了疑問。

情報事先就洩露了。

「他是議員的秘書啊，為什麼沒有同行，卻是沙羅來了？」

「搜查本部好像是把錨頭對準了我老公，所以將將才會跑來議員視察的地方吧？」

「搜查本部的事，妳怎麼會知道？」

「縣議員當久了，自然交遊廣闊。」

他馬的。

搜查本部裡肯定有給議員通風報信的抓耙子。蓮田巴不得馬上把叛徒的名字給問出來，但現在還有別的優先事項。

「你是認真懷疑我老公殺了人？」

「跟妳說也沒用。反正妳也會妨礙辦案包庇貢。」

「相反。」

「妳說什麼？」

「既然被搜查本部盯上了，我和爸爸再怎麼努力，他遲早都會被捕的。我聽說將將你們的風評了，聽說你和一位非常優秀的刑警搭檔。」

正當蓮田遲疑著不知該如何回答時，被提到的笘篠就從背後來了。

「有很多話要聊嗎？」

「不是，那個……」

「抱歉，我想起有點事。」

笘篠淡然說了一句不合時宜的話：

「那邊就交給你了。」

令蓮田難以置信地，笘篠留下這句話就快步離去。蓮田朝他背影叫了好幾聲，笘篠連頭都沒回。

混亂中，必須向沙羅把話問清楚的意識勉強勝出。

「妳說不會妨礙是嗎。是什麼意思？那妳是說妳想親眼看妳老公被人上手銬嗎？」

「怎麼可能。」

沙羅嚴厲地向蓮田投以抗議的眼神。

「將將是來抓人的吧。」

「我沒有義務告訴關係人。」

「笨蛋。你這樣跟明說了有什麼兩樣。反正你已經把我爸和我老公的關係查清楚了吧？」

「聽說不是一般的翁婿關係。不過本來在公開場合就是議員和秘書，自然不能與一般家庭相提並論。」

「你不用幫我家說話。我爸帶不特定多數的女人進議員休息室，我老公被當作僕人使喚，這些你都知道了吧？」

這幾句帶著自嘲意味的話說得有些顫抖。想叫她別說了的心情和想讓她繼續說下去的心情在心中交戰。

「岳父發洩性欲，女婿幫忙掩護，這種事只有醜惡可言。我們家是個異常的家庭。當然，萬惡的根源是我爸。可是，他以前不是那樣的。」

「我知道。」

「在家裡，他就是普通的爸爸，從來沒對其他女人感興趣。可是，自從失去我媽就變了。彷彿像心的一部分跟著我媽一起被海嘯捲走了。」

「對貢的態度也是這樣嗎？」

「我老公入贅，雖然是我爸體察我的心意，但當然也是想要他繼承自己的選區。簡單地說，就是出於愛女之心的政治婚姻。可是讓他當了秘書之後，女婿的感覺好像就漸漸淡了。你聽說過議員與秘書的關係嗎？」

「秘書是議員的影子，是吧？」

「若是為了議員，把命豁出去也是天經地義。雖然是很扭曲的想法，但在那個世界待久了就會漸漸習慣。我家這幾十年來都是政治家的家，我自己有部分也習慣了。所以老公任憑爸爸使喚，我也是有些認命了。說不同情失去媽媽的爸爸是騙人的。」

蓮田驀地裡理解了。沙羅的自嘲並不是針對家庭，而是針對肯定了扭曲的家庭的自己。

「上次妳還說萬一我給妳的家人上銬，要我不要再靠近妳家。現在又是怎麼了？」

「那時候我是拚了命的。可是，既然搜查本部出動了，一定是找到證據了吧。」

蓮田無言以對。現在還沒有找到物證。這樣就要頁到案說明，可說是倉促行事。

然而，既然沙羅誤會了，當然要加以利用。

「既然有了物證，我就幫不上忙了。將將，你覺得我老公會為了『祝井建設』的生意不惜殺人嗎？」

「我個人是很難相信。不，是不願意相信。」

「會不會是我爸下的令？我爸是『祝井建設』的董事，同時也是領導縣議會最大派閥的資深大老。搞政治有多少錢都不夠。既然臨時住宅的都更能賺錢，我想我爸一定會不擇手段，命我老公實行。」

儘管關係扭曲，但知道森見議員與貢的關係後，就覺得不無可能。

「讓他自首，將將。」

沙羅懇求般，抬眼看蓮田。

「自首的罪會比較輕對不對？」

「就算貢真的是凶手，妳覺得他會聽我的嗎？妳總不會忘了我爸以前對他爸做過什麼吧？」

「我沒忘。我也知道因為那件事，他和將將一直沒有和好。可是求求你，盡可能減輕他的罪。」

要是貢肯乖乖自首，就能早點破案。雖然對沙羅於心不忍，但這麼一來森見議員的鍊金術也會被公開。二課定然也會因為事關縣議會而出動。

「貢要是全部招認，也會連累森見議員。這樣妳還要他自首嗎？」

「沒關係。」

她毅然決然的口吻，救了蓮田。

「是我們太奇怪了，我卻裝作沒有發現。我明明是喜歡他才跟他結婚的，卻不知不覺讓他變成了我爸的奴隸。夠了。我想讓他好過一點。可是，我也想讓我爸從枷鎖中解放。」

「枷鎖？」

「我爸很不甘心，我媽和我家都被海嘯捲走，過往的回憶也全都被奪走了。我爸努力建造不怕災害的市鎮、不會受災的市鎮也許是對的，可是為了這個目標卻不惜任何犧牲就本末倒置了。我爸，從海嘯那一天起，就整個人歪掉了。這一切都是因為他還被困在枷鎖裡。」

沙羅的說法絕非荒唐無稽。蓮田看過很多人，從那天起，人生、想法、生存方式都亂了。那場震災是前所未有的強大暴力。

「現在我爸和我老公也許都還有救。」

「貢現在在哪裡？」

「我不知道。」

說到這裡，沙羅很丟臉似地皺皺眉。

「他聽說搜查本部在視察地點埋伏，什麼話都沒說就出去了。」

「賓士是沙羅開來的？」

「家裡還有一台輕型車。我平常買東西開的。」

怎麼連這麼簡單的事都沒發現呢？蓮田都受不了自己。沙羅開賓士出去買東西，反而滑稽不是嗎？沙羅雖然生長於富裕的家庭，卻沒有驕奢之氣，當然不會那麼做。

「告訴我車種和車牌號碼。」

一問出來，蓮田便聯絡特別行動隊，安排好搜索沙羅名下的輕型車的手續。

「將將，拜託了。」

沙羅在身後這樣懇求，蓮田頭也不回，只舉起一隻手作為回應。還好笘篠不在。要是他在，要用什麼說詞說服貢就會受到限制。

有些話，只有自己和貢才懂。

蓮田開著便衣警車，在腦海裡思索貢可能的逃逸之處。

首先想到是直奔仙台機場遠走高飛。於是蓮田緊急與笘篠聯絡，笘篠爽快答應趕去機場。

「找到森見貢之後一定要等後援。千萬別想要自己一個人搞定。」

神奇的是，笘篠語氣並不急迫，反而像是在背書。

接著蓮田也向搜查本部的石動報告。當然，並沒有提到他跟沙羅對話的詳細內容。只說是從他妻子得到的情報，石動也沒有起疑。

企圖逃走等於承認了自己的嫌疑。蓮田很清楚接下來搜查本部會採取什麼行動。他們在主要道路上設置路檢，不讓貢離開宮城縣。所以蓮田只要將貢在縣內可能會去的地方一一擊破即可。

貢是議員秘書，也是「祝井建設」的董事。有身分的人會去的地方也就是那些。議會和公司的主要相關人那邊，應該已經派調查員過去了。

其他還可能會去哪裡？

一秒鐘後蓮田想起來了。有一個地方還沒有告訴搜查本部。蓮田拿出手機，響了兩聲對方就接了。

「怎麼了，將將。」

知歌身後傳來車子行走的聲音。看來她在外面。

「妳最近和貢聯絡過嗎？」

「沒有啊。」

「要是他有跟妳聯絡，妳幫我問一下他在哪裡，然後告訴我。」

「……怎麼了嗎？」

「我不能說。妳想知道的話，去問沙羅。」

光是這樣，知歌好像就明白了，沒有再問。

「是警方的工作吧？」

「對。但也不止這樣。」

蓮田知道他要說的話聽起來有點偽善。

但他絕對不是偽善。

「也是為了救他。」

「我知道了。」

「拜託了。」

掛了電話以後，本部的石動就斷斷續續有聯絡。到機場的主要道路的路檢並沒有攔到貢。縣議會所的縣政府、自家還有後援會會長家也都沒有去。

蓮田自己也開車前往「祝井建設」和森見議員家，結果白跑了。早一步在那裡監看的調查員搖頭表示他一次都沒回來。

到底跑到哪裡去了？

搜查已進行數小時，太陽就要下山了。天黑之後要找人就更不容易。

快想。自己這麼了解貢，應該能比搜查本部更早想到他的所在才對。要是連這都落於人後，還有什麼資格說是從小一起長大。

腦海中想起種種地點又一一刪掉。有回憶的地方，一起去過的地方，已經從地圖上消失的地方。

最後蓮田找到了唯一一個剩下的可能。就只有那裡了。

蓮田打方向盤駛向那個地方。

到了之後，蓮田下了車，憑藉著昏暗的光線環顧四周。

志津川地區八幡川附近。震災以前，這裡有民宅有商店有工廠。有人們的生活、有熱鬧、有爭吵。

然而，現在只是一片計畫用來建設防潮堤的空地。連建築物的地基都不剩。瓦礫已全數清空，在全然不知情的人眼裡，一定想像不到這裡曾經有過市鎮吧。

「防潮堤建設預定地」的告示牌前停著一輛輕型車。車牌號碼與沙羅說的一致。

向石動通報之後，蓮田往下走到海岸邊。

來自海上的風直接吹襲全身。這個季節的海很平穩，風帶著濕氣。沿著海邊走，不久便發現遠處有個疑似人的輪廓。

小跑過去，對方也注意到這邊轉過身來。

是貢。

「總算來了。」

一副早料到蓮田會來的說法，讓人因為不悅而感到有點尷尬。

「想很久才想到？」

「想很久才想起你以前是個感傷的人。地點倒是不用導航就知道。畢竟來過好幾次。」

以前的「祝井建設」工廠兼住家就在原先的市鎮裡。現在兩個人所站的地點，正好就是舊址。

「為什麼要逃？」

「聽到警察就埋伏在視察地點，誰都會想逃。」

「沒做虧心事就不必怕啊。」

「你以為人人都怕警察？不是，是人人都討厭警察。你要是被討厭的人埋伏，也會閃吧？」

「前幾天有個『握手之誼』的人，叫板台，因毀棄損壞的嫌疑被捕，他說，是依你的指示破壞臨時住宅。我有話想問你。請你到本部走一趟。」

貢哦了一聲，露出意外的神情。

「教唆人毀棄損壞。是這個嫌疑嗎？你當然是為了別的案子逮捕我的吧？」

「你不否認教唆板台的事實？」

「我沒否認也沒承認。別想在這裡搞定你的爛工作。」

「那麼，一起跟我到本部。」

「如果我拒絕呢？」

「不要逼我。」

互瞪片刻後，貢疲倦地嘆了一口氣。

「你認為地皮流氓很壞？」

「要看狀況和作法。以現狀而言，只有流氓才會去破壞還有人在住的建築。」

「反正是已經確定要拆除的建築，都要破壞的，只是早晚的問題罷了。」

「在這裡爭論也爭不出個鳥來。無論如何我都要請你走一趟。」

談話間，其他警車也陸續到了。

「什麼啊，不是你一個人帶我去嗎？」

「這是規定。」

「沒想到會從你嘴裡聽到規定這兩個字。」

不一會兒笘篠也來了，蓮田便與他一起將貢帶回搜查本部。

2

照之前直接向石動請求的，貢的偵訊在蓮田主導下進行。平常負責問話的笘篠，這次負責記錄。

面對偵訊的貢也是毫不低頭，筆直地望著這邊。只是那視線裡完全感覺不到溫度，簡直像爬蟲類的眼睛。

「我知道你與『握手之誼』的春日井代表有聯繫。」

「所謂的有聯繫是什麼意思？我可不記得有提攜或贊助過他。」

總不能明說消息是從個資黑市來的。

「有人看到你們在一起。」

「就這樣？無聊。我好歹也是個建設公司的董事。與不同行的代表應酬算是一般業務。我還和河北新報的主筆、世界知名電器商的會長吃過飯。難不成你從裡面挑一個就硬要說我跟他們『有聯繫』？」

「『握手之誼』不是媒體，也不是廠商。是以非營利組織自居的半灰集團。」

「哦，這我倒是不知道。畢竟我只跟他見過一、兩次。」

不妙。

從一開始偵訊就照貢的步調走。這下別說主要的命案，連毀棄損壞的涉案也無法追究。

「『握手之誼』的板台做的，是下流的地皮流氓才會做的事。說他是照著圖謀吉野澤都更的『祝井建設』的意願行動也不為過。」

「你是說，意願相同就是合作關係？這叫牽強附會。原來宮城縣警的偵訊就是靠牽強附會和先射箭再畫靶來捏造案件的？」

「你說什麼！」

「如果不是，就拿出我委託那個什麼春日井毀棄損壞的證據。」

即使不是蓮田，也知道貢是故意挑釁。目的是激怒他，讓他露出破綻。

但，挑釁對方的技巧他也會。

「你剛才說，『既然是要拆除的建築，只是破壞的早或晚的問題。』所以你是肯定地皮流氓嗎？」

「除舊布新是建築業者存在的理由。」

「第二代肯定地皮流氓嗎？伯父要是聽到了，在地底下不知道會怎麼想。」

「你沒資格提起我爸。」

貢的眼神頓時狠厲起來。

蓮田心口一陣微痛。然而他不能不繼續下去。

「當然要提。我和你對父親的想法背道而馳。我是厭惡我爸的工作，所以當了警察。你卻是繼承了父親的遺志成了第二代。我痛罵媒體也沒有任何罪惡感，你就不同了吧。還是說，伯父是不惜威脅居民的生活也要都更的壞蛋？」

「不許說我爸是壞蛋。你應該也很清楚他是什麼樣的人。」

「哦。那，壞蛋是你岳父嗎？」

矛頭一轉，貢瞬間得有些無措。

「為了照計畫進行都更，催著拆除臨時住宅是森見善之助的指示嗎？」

「議員沒有下這種指示。」

「都這時候了，還『議員』？你在森見家到底站在什麼位置？」

「這點小事，你當然早就打聽到了吧。」

他一臉不以為恥的樣子，但蓮田看得出來。他的表情肌微微緊繃，是因為控制著情緒的關係。

「區區刑警是不會懂的，秘書為了讓議員自由從事政治活動什麼都要做。特別是管理行程和貼身照料。」

「再加上玩女人的時候負責把風。順便包辦骯髒事嗎？」

「隨便你說。光靠清廉潔白，是無法達成政治理想的。多少都必須弄髒手。」

「我同情你。」

「不必。我說了，刑警是不會懂的。被一個門外漢同情，只會叫人不爽。」

「那我可以同情沙羅嗎？」

「什麼跟什麼？」

「父親當了幾十年政治家，她卻一直維持著一般人的感覺。她從小就這樣。我們三個想做些什麼異想天開的，大多都是沙羅攔著。她話雖少，卻是靠氣場來打動人的。」

「這回又企圖利用沙羅來讓我動搖？」

「動搖的不是我，是沙羅。你以為你和森見議員扭曲的關係，她會永遠樂呵呵地視而不見嗎？」

「什麼意思？」

「震災奪走的，不止是生命財產。連留下來的人的心，都被帶走了一大塊。」

「什麼都沒失去的人好意思講大道理。」

「我也失去了。」

「失去了什麼？說來聽聽。」

「祝井貢、大原知歌、森見沙羅。我失去了三個從小一起長大、形同手足的玩伴。十四年後見到的三人，和震災前判若兩人。」

「無聊。」

貢負氣別過臉。

「沙羅很擔心你和森見議員的關係。」

「少管別人家的問題。」

「父親利用自己的立場要丈夫做骯髒事。身為妻子，只怕沒有比這更痛苦的了。」

「沙羅怎麼能了解我的工作。」

貢的語氣明顯出現動搖。這樣的手段或許卑鄙，但提起沙羅看來是成功了。蓮田忍著心中泛起的自我厭惡，繼續偵訊。他怕要是中途停下來，自制力就會崩潰。

悄悄向旁邊瞥一眼，笘篠正面無表情地在電腦鍵盤上打字。到目前為止，他都沒有插手制止，可見得是無言地要蓮田繼續。

「『握手之誼』的板台施暴的臨時住宅裡單獨住著一個姓皆本的老人家。他本來開一家魚網工廠，海嘯卻把房子、工廠、家人都捲走了。那個老人心裡沒有任何稱得上希望的希望，所以只能天天喝酒度日。你，你的岳父，要奪走這樣一個老人的住處。」

「搬到災害公營住宅就好了。」

「在這次的案子上，不是只要換個地方住就好。相關的道理我聽得耳朵都要長繭了，而勸說得最熱切的，就是知歌。」

「……這次連知歌都搬出來了？」

「知歌是照護服務的職員，她會以災民的安寧優先，縣的復興事業計畫還是那些企業主的圖謀都排在後面。換句話說，立場和你相反。而且，皆本老人是她負責的。你迫害那個老人，良心不會痛嗎？」

「你越活越卑鄙了啊，爛刑警。」

「隨便你怎麼說。我也聽說，如果只是將臨時住宅的居民遷往他處，舊有的社群不復存在，居民便會落入孤獨的處境。你所依據的道理只不過是偽善，你的工作只是破壞一個可憐老人的安身之處。」

「絕對不是。」

貢站起來。

「我也是失去家人的人。我很同情那個老先生，所以才希望他及早搬遷……」

話沒有說完，貢就露出「完了」的表情。

「言多必失啊。」

「……你倒是成了一個機車到極點的人。」

「既然你都已經說了，就承認你和『握手之誼』的關係吧。」

「筆錄隨你怎麼寫。反正最後還不是會叫我按手印。」

「是啊，我會的。只不過，在按手印之前，還有很多時間。」

到此為止，是蓮田得分了。他成功誘導訊問，引出了貢的自白。

然而，「握手之誼」只不過是前哨戰。最主要的是要讓他吐出殺害掛川勇兒的動機。

現在開始才是關鍵。

同情是禁忌。把友情給忘了。雖然是自作主張，但要想著，讓貢吐實接受應當的制裁，對貢才是最好的更生。

蓮田把神經繃得更緊。

「皆本老人那些臨時住宅的居民和政府溝通的窗口，是南三陸町建設課的掛川勇兒。你認識他嗎？」

「又是另一碼事？稍微緩一緩不好嗎？」

「我問你是不是認識他？」

「就是陪同議員視察臨時住宅拆遷時見過。連話都沒說過。我看對方記不記得我也很難說。」

「真的嗎？掛川先生在擔任臨時住宅居民服務窗口的同時，也站在必須推動遷入災害公營住宅的立場。」

「沒錯。因為目的相同，我沒有殺他的動機。」

「表面上是。但是，如果掛川先生在親近居民當中，發現了倉促推動的搬遷只會造成他們的不幸，那一瞬間，他對你們而言就成了麻煩。」

「你是說真的嗎？」

自從問起另一個案子，貢就像重拾冷靜，以涼涼的眼光回視這邊。

「如果你是說真的，我就要恥笑你的權宜主義。如果你是虛張聲勢，那我就要恥笑見識短淺。別的不說，那個掛川要是改變立場，我怎麼會知道？」

「一個是縣議員的秘書，一個是公所的職員，隨時都有碰面的機會吧？」

「那不過是你的推論。不然你把我和掛川見面的證據拿出來啊。」

「你沒有和掛川先生單獨見面過？」
「沒有。」
「你沒殺他？」
「當然沒有。」
正要接著發問的那個瞬間，蓮田發現剛才貢就一直舔上唇。那是貢說謊時的習慣無誤。
那麼，哪個部分是假的？
「你說謊。」
不能讓他發現己方的情報不足。蓮田擺出自信滿滿的面孔，正面直視貢。
「剛才的話我要補充一點。你們三個在震災以後都變了，但我也變了。我能看穿別人的謊言，也學會為了被害者和家屬討公道冷酷到底。我不是你以前認識的『將將』。現在，我是不容許不公不義不法的警察。」
「好酷喔，『將將』。」
貢刻意輕浮地鬧起來。

「你這麼酷，就拿出我殺死掛川的證據啊。」

蓮田試著反駁，但無法立刻找到論點。相對於自己刺激對方的情緒找出突破點，看來貢是打算堅持以沒有證據作為防護罩。

「再怎麼端架子，你還是以前那個被老師一問就挫得半死的『將將』。」

對方翻起舊帳，就換蓮田沒趣了。眼前這個人，在狠狠報復過欺負知歌的人以後，面對老師陰魂不散的懷疑還能睜著一雙清澈明亮的眼睛堂而皇之地裝無辜。他是想要炫耀如果是要鬥嘴，蓮田根本連車尾燈都看不到嗎？

冷靜。

蓮田悄悄做了一個深呼吸。這也是貢的戰略。讓對方無時無刻自以為處在不利的狀況，取得心理上的優勢。讓被逼到劣勢的一方說出不該說的話、在不該著急的局面著急，然後自掘墳墓。

一路偵訊下來，蓮田不得不承認在心理戰上，貢還是技高一籌。就像蓮田對付過許多嫌犯，貢也同樣，不，甚至和更多老江湖的建築業者和政客交手過。天生的談判高手加上經驗見識，根本如虎添翼。

「我們要保管你的手機。」

貢的手機裡，應該記錄了犯案當天與掛川會合的前後經過。聰明如貢，在提到手機的時候，一定會想到通信紀錄。

只不過，警方都是在將人逮捕後才扣押手機。在那之前，只能以本人同意的方式加以保管。因此蓮田的要求僅僅是測試貢的反應而已。

貢究竟會有什麼反應？在蓮田與笘篠的關注下，貢嘲笑兩人般仰天。

他果然知道。

「我記得扣押手機之類的東西是在逮捕之後吧？」

「我身為議員秘書，手機裡都是一些無法公開的情報、外洩之後特定相關人士會有麻煩的情報。恕我拒絕你的請求。雖然說，就算你們分析了內容，到頭來也只是白忙一場。」

「你倒是挺有自信的。」

「不知是幸還是不幸，我上週才換過手機。換的時候，把一些不必要的資料全都刪了。舊手機也報廢了。」

蓮田差點咋舌。換手機在轉移資料時，可以選擇是否要複製資料。換手機的目的肯定就是為了銷毀資料。

蓮田拿不出殺手鐧，就這樣瞪著貢。貢則是一副老神在在、處之泰然的模樣。再這樣下去，會在形勢不利的情況下放貢走。

怎麼辦？

在焦躁上漲到逼近臨界值時，笘篠出聲了。

「休息時間到了。」

意外地，貢也露出了鬆了一口氣的表情。看來，即使看似從容，貢也是緊張的。

笘篠帶蓮田出了偵訊室。

「底牌都被看穿了。」

蓮田無法否認，只能低下頭。

「我知道。」

「拿手機來動搖他的心神這一步雖然不錯，但對方棋高一著。必須找別的切入點。」

這蓮田也知道。然而依現狀，目前他能夠打的就只有心理戰，卻連這個也想不出有效打擊的點。

回想起來，蓮田其實是怕貢的。因為是潛在心理，所以很難發現，但像這樣對峙，便如實浮現出來。

蓮田靠著走廊的牆尋思對策。但無論他如何絞盡腦汁，都想不出能回敬貢的切入點。

這時，笘篠的手機響了。

「喂，笘篠。」

聽著電話的笘篠表情奇妙地扭曲了。

「櫃臺有意外的訪客，說是來洗清森見貢的嫌疑的。」

蓮田腦海裡頓時出現沙羅的臉。

「是森見沙羅嗎？」

「不，是大原知歌小姐。」

3

知歌為何會在這個局面出現？

蓮田沒有時間為意料之外的發展慌張，下樓到一樓。

知歌無所事事地站在櫃臺旁。

「將將。」

「妳要幹嘛？」

「你上次不是打電話跟我說，要是貢有聯絡我，就叫我幫你問他在哪裡再跟你說嗎？」

「是為了這個？不好意思讓妳特地跑一趟，不過已經不需要了。」

「你逮捕了貢對不對？」

「還沒有逮捕。」

蓮田說溜了嘴，而知歌聽得一清二楚。

「『還沒有』意思就是遲早會逮捕了。不然怎麼可能只是為了問個話就把人帶到警署。」

「妳明知道，為什麼還跑來？」

「我是來給你忠告的。再這樣下去，將將和貢都會鬧到不可挽回的地步。」

知歌的臉湊到面前。

「慢著，妳這句話我沒聽懂了。」

「貢沒有殺掛川先生。」

看著知歌認真的表情，蓮田想起來了。蓮田和貢之間情況不妙的時候，知歌一定會來當和事佬。

現在不是沉浸於酸甜回憶的時候。蓮田抓住知歌的雙肩，把她推遠。

「現在是破案的關鍵時刻。聽好了，都到了這個地步，別想給我和貢說和。沒有意義。」

「要是沒有意義，我就不會傻傻跑來這種地方了。我沒有想要給你們說和。只是想改正錯誤而已。」

「妳是說，逮捕貢是錯誤？這話不是很好聽，但警方不會因為人情而動，也不會因人情而停。」

「就說不是人情了。」

再繼續僵持下去也不是辦法。蓮田正這麼想的時候，懷裡的手機響了。

「笘篠先生。」

「怎麼了？有什麼事耽誤了？」

「我還在和訪客說話。」

「既然都來到警察本部了，別窩在角落，把人請過來吧。」

「可是，現在在偵訊他啊。」

「森見貢由我來問。」

換句話說，笘篠的指示是要正式詢問知歌。掛了電話之後，蓮田重新面向知歌。

「換個地方。我們到偵訊室，不過談話內容會被錄音、錄影。可以嗎？」

看來是知歌打從一開始便有備而來，只見她毫不猶豫地點頭。既然如此，蓮田也只能下定決心。

「跟我來。」

蓮田找了另一位調查員來擔任記錄。被安排在小房間的鐵椅上坐好，知歌顯得非常不自在。

此時此刻，笘篠正在同一樓層的另一個房間裡偵訊貢。這麼一想，心裡就有些酸澀。

因為是正式的詢問，要先確認對方的姓名、年齡、住址、工作地點。有記錄人員在場，不能省略這一段，蓮田覺得有點尷尬。

「我再問一次。妳說貢沒有殺掛川先生。妳有證據嗎？」

「有。」

知歌沉默一下，然後正面注視他。

「殺死掛川先生的，是我。」

剎那間，蓮田腦袋一片空白。接著在微微刺痛中，想起知歌與貢曾經交往的往事。

「如果是要替他頂罪的話，勸妳不要。難不成你們舊情復燃了？」

「不是那樣的。」

聽到蓮田開玩笑，知歌眼中的認真還是絲毫不減。蓮田感到不安從心底升起。

「警方沒有調查我的不在場證明啊。八月十四日那晚上，我不在家，也不在『友&愛』的事務所。我在吉野澤的臨時住宅。」

「妳說皆本先生不舒服叫妳去照顧他。不是這樣嗎？」

「因為搬進公營住宅的事，我想和掛川先生說個清楚。掛川先生是臨時住宅的窗口，也會聽居民的投訴，但他畢竟只是公所的一員。投訴聽是聽了，還是照樣遵循遷入公營住宅的方針。對居民們好言好語好臉色，其實是想慢慢懷柔他們。」

蓮田不否認知歌的話有可信度。她的話與其他證詞那裡聽到的掛川的描述和本來的工作並不矛盾，兩者都是成立的。

「每天與居民接觸，就知道掛川先生不顧皆本爺爺他們的信賴推行遷出計畫，我真的很討厭他的偽善。既然都要出賣人家的信賴，那還不如一開始就採取強硬的態度，不要讓別人懷有希望還比較好一點。太差勁了。」

「妳一直和他有爭執？」

「他也是為了工作無可奈何，可是我就是不喜歡他的作法。我拜託他不要做那種形同欺騙皆本爺爺他們的事，他卻只是笑著敷衍，一點都不肯改。所以那天，我向掛川先生本人問了他要去訪問臨時住宅的時間，去跟他做個了結。」

「然後？」

「我們在離臨時住宅有一段距離的地方，說話不會讓居民聽到的地方開始談。老實說，他說過什麼我完全不記得了。我和掛川先生說到一半都很激動……等我回過神來，掛川先生就滿頭是血地倒在地上了。」

「是妳殺的？」

「嗯。」

「怎麼殺的？」

「臨時住宅後面，建材和建築機械都一直放在那裡。不知道什麼時候，我用當中的角材朝掛川先生的頭揮下去。」

作案的凶器是角材狀一事並沒有公開。條件能夠如此吻合，就屬於真凶才知道的機密了。

問得越多，知歌的證詞越是牢不可破。蓮田覺得心快碎了。

動機、方法與機會都與狀況吻合。然而，形成案件表層的特殊情況她沒有解釋。

「殺害掛川先生之後呢？」

蓮田瞪知歌。這是要斷了她心理上的退路。

「屍體是在空屋裡發現的。而且那個狀況凶手無法離開。妳能不能解釋妳是如何製造出那種狀況的？」

拆下臨時住宅的天窗和採光窗，從屋頂將屍體丟進去。知歌根本做不到。蓮田巴不得她解釋不出來，承認她是做了偽證。

但知歌卻連眉毛都沒抖一下，繼續供述。

「不用這樣兜圈子說話。你就是想問是怎麼製造出那個密室狀態的吧。那實在不是我一個人就做得到的，而且我也想不到。所以我找人求助了。」

「找誰？」

「明知故問。當然是找貢啊。」

「妳是在什麼情形下把貢拉進來的？」

「我知道『祝井建設』正在推動臨時住宅居民遷出，而且我一直都向貢抗議。殺了掛川先生後，我不知道如何是好，當下就聯絡貢了。他馬上就趕來。」

「有證據嗎？」

「手機裡有通信紀錄。」

知歌拿出自己的手機，點了幾下之後，把螢幕拿到蓮田面前。

「貢的手機 8/14 20:10」

蓮田咕嘟一聲嚥了一口唾沫。貢開的賓士是在晚間八點十五分離開料亭的。監視攝影機的時間碼顯示為「20:15」。如果貢是接到知歌的電話趕往現場，時間上是吻合的。

「貢爽快答應當共犯？」

「他提出了交換條件。他會幫我掩飾罪行，但我要說服留在臨時住宅的三戶早點搬走。對『祝井建設』來說，那三戶畢竟是眼中釘。雖然對不起皆本爺爺他們，但我也走投無路，所以就答應了。」

有短短的一瞬，知歌懊悔地蹙了一下眉。

「貢到了臨時住宅，我跟他說了狀況。然後貢想了想，提議說『只要把屍體放在密室裡，就能混淆犯行。』那就是拆下空屋的天窗和採光窗，將屍體丟進去。這麼一來，不但我不可能犯行，而且只要這個機關沒被破解，就無法證明犯行。貢的手法熟練非凡，他拿跟建材放在一起的梯子把屍體扛到屋頂，拆下天窗和採光窗把屍體丟進去，馬上又把一切恢復原狀。前後只花了三十分鐘左右。布置好以後，貢沒有多說一句話，立刻就回去了。那是九點多的時候。」

料亭「國元」的停車場監視器拍到貢的賓士是晚間九點二十二分返回的，所以時間也對得上。

「用來作為凶器的角材呢？」

「我把沾了血的地方擦乾淨，混在廢材裡。已經過了好幾天了，應該早就被處理掉了。」

知歌答得毫無滯澀。如果不是預設問答練習過，只怕很難如此冷靜地供述。

蓮田只覺得糟透了。

知歌是殺人主犯，幫忙掩飾犯行的貢是從犯。偏偏是這兩個人犯了案，就算是開玩笑也太惡質了。

只是把屍體丟進去的話，空屋裡當然沒有知歌和貢的毛髮和腳印。以現狀而言，沒有物證可以直接證明兩人是凶手。然而，自白是證據之王。即使沒有物證，只要有知歌的供述，現在就能將兩人逮捕。

本來應該是破了一件案子寬心大放的時候，唯有這次不同。他必須給初戀的對象和一起長大的玩伴上手銬。

殺人罪的法定刑責是死刑或無期徒刑或五年以上有期徒刑，從犯則按正犯之刑減輕。即使有酌情量刑也無法避免實刑。而將知歌與貢以殺人嫌疑的污名送檢則是蓮田的任務。

負責詢問的蓮田進退維谷。隨著供述越來越深入，逮捕的時刻便越來越逼近。但停止詢問便是他主動讓警察的職業倫理蒙羞。

接下來該怎麼做？

快做出結論。

在任務與私情左右為難的煩悶中，手機響了。這次還是笘篠打來的。

「喂，我蓮田。」

「有人指名找你。森見貢吵著要你回來。」

笘篠的聲音有點懶洋洋的。

「我一告訴他大原知歌來自首，他就態度大變。嚷嚷著說除非你來，否則他一句話都不說。你先回來。」

是因為正犯自首，察覺自己身為從犯的犯行敗露了嗎？無論如何，蓮田不回去便沒有進展。

將知歌託給負責記錄的調查員，回到笘篠等候的偵訊室。

蓮田一衝進房間，笘篠便默默讓位。貢與剛才判若兩人，一副隨時都要撲上來的樣子。

在換位子時，笘篠耳語道：

「大原知歌的詢問都記錄下來了吧？」

「當然。」

「我會在確認後接手。」

笘篠出去，進來了一個新的調查員負責記錄。於是詢問再度展開。

「知歌怎麼會自首？」

「不知。我拜託她說要是你跟她聯絡就通知我。結果她就自己跑來自首了。」

「她供了什麼？」

「說掛川先生是她殺害的。」

「亂來。」

貢罵也似地說：

「你該不會當真了吧？」

「她的供述條理分明，沒有任何矛盾。動機和方法也都可信，而且她是主動來自首的。沒有任何疑點。」

蓮田盡力佯裝冷靜。利用知歌招供來動搖貢的心神，也許可以連帶引出貢的供述。

「知歌的動機，考慮到她的個性，是合理的。」

蓮田說出知歌與掛川間的爭執，然後也說明了他們盯上貢的原因。

「要在短時間內且單獨作業拆下天窗和採光窗嗎？是需要熟練和專門的工具。哼。的確是要有建築經驗才做得到。但，那未必一定要是我。」

「但是，知歌說那個手法是你想出來的，實行的也是你。知歌的朋友中，沒有比你更符合這些條件的建築業者。」

「那些全都是狀況證據。」

「還有一個。知歌的手機裡，留下了案發當日與你通信的紀錄。你在那則通信後，便將賓士駛離了料亭『國元』的停車場。賓士的胎紋與現場殘留的胎痕一致。這你要怎麼解釋？」

「你以為這樣就把我逼得走投無路了？」

貢強勢的態度依舊不變。他自知只要有一絲畏縮，防守就會變弱，所以會一直堅守到極限。從以前就是這樣。

蓮田心想，別再這樣了。有了知歌的供述，貢明顯就是從犯。只要貢自白，這個案子就結束了。搜查每深入一步心就被勒得更緊一分的情況也會結束。被撕下瘡痂露出來的愛戀與友情，也會再度沉入記憶深處。

「那天，知歌的確有打電話給我。但是，只是閒聊而已。我離開『國元』是事實，但我只是忘了東西回事務所去拿。臨時住宅有賓士的胎痕，也可能是命案之前留下的。如果有直接證據證明密室是我弄出來的，現在就拿出來。」

「繼續裝傻也不能證明你是清白的。」

「要證明沒有做的事無比困難。正所謂惡魔的證明。如果沒有大半夜跟人廝混，就提不出不在場證明。我現在正親眼見證冤罪誕生的那一刻。」

「知歌依靠你，你不覺得驕傲嗎？」

「知歌誤會大了。」

貢傲然笑道。然而，在蓮田看來，也像是迫不已的虛張聲勢。

「她以為我殺了掛川。因為就像你剛才說的，我有製造出密室的知識和本事。所以她自稱是正犯，做出沒有意義的供述，想多少減輕我的罪行。別的不說，掛川是被什麼凶器打死的？」

「角材狀的東西。」

「你想想看。知歌那麼細的手臂，揮得動角材嗎？就算是廢材，最短的也有一公尺半到兩公尺的東西。如果是三十八公釐厚的國產杉，少說也有兩、三公斤。」

聽他這麼一說還真是這樣，蓮田便不作聲了。男人也就算了，以女人的臂力要舉起角材，一舉打破一個男人的頭部，是有些勉強。

「知歌為什麼非回護你不可？知歌希望臨時住宅居民能盡可能延後遷出，與想推進的你，利益應該是衝突的。」

「看在舊情的份上。而且，分手也是我單方面的。知歌現在也餘情未了吧。」

竟然想以高中時的戀愛當作藉口？

而且，這種行為根本是撕下我心頭的瘡痂在上面抹鹽。

拚命偽裝的冷靜產生了裂痕。如果這就是他挑釁的目的，那麼果然是貢更狡猾、更擅長談判。

冷靜。

這時候表露出情緒正中對方下懷。

「因為知歌的誤會，讓我成了殺人的共犯，但沒有直接證據能證明。對了，要是拿得出有我的指紋的凶器角材，就另當別論。如何？拿得出那種物證嗎？有的話，我可能會翻供哦。」

「你說你離開『國元』只是忘了東西回事務所去拿而已。到底忘了什麼？」

「名片。就算沒有事先約好，也不知道議員會在什麼時候遇到誰。為此我隨身攜帶十幾二十張名片，但偏偏那天就忘了。我發現了才趕回去拿。」

「有人能夠證明嗎？」

「畢竟是那個時間，沒有。」

「你從『國元』到事務所的期間，要是沒有監視攝影機拍到移動中的賓士，你要怎麼解釋？」

貢露出冷笑不說話。大概是打定主意，這邊每拿出一樣新證據，就巧言辯解。正因為知道他的手法，才更讓人恨得牙癢癢的。

蓮田在腦海裡計算。依現狀，即使沒有物證，也有狀況證據。更何況還有知歌的自白。這時候，笘篠正在做筆錄。這樣的話，就算沒有貢的自白，還是可以逮捕兩人，去森見家和「祝井建設」搜索，或許可以找到一兩個物證。但無論如何，搜查一旦延長，就可能讓貢有時間湮滅證據。
正在蓮田猶豫著要不要繼續偵訊的時候。偵訊室的門突然開了，笘篠走進來，而且後面跟著知歌。
「笘篠先生。」
「還好你還沒問完。」
就連一派從容的貢，也在看到笘篠和知歌的那一刻變了臉色。
「為什麼要把知歌帶來？」
「參考人當中有一人聲稱是正犯，另一個人否認有嫌疑，說自己不是正犯也不是從犯。」
「這不是常有的事嗎？」
「沒錯。但這次，兩人詳細串供的可能性很低。剛才我查過大原知歌小姐的手機的通信紀錄，除了八月十四日的20:10，沒有找到與森見貢先生聯絡的行跡。」
「不用手機也可以用市話，方法很多啊。」
「市話不適合用來做需要保密的聯絡。首先，如果要隱瞞往後的聯絡，八月十四日的通信紀錄應該也早就刪除了。」

蓮田聲音不禁變小。

「所以讓他們兩個在一起更不妙啊。尤其是在詢問當中，他們很可能串供。」

「那當然。但是，讓兩人待在同一個地方，也不是完全沒有意義。」

蓮田猜不出笘篠的意思而納悶不解。一看，貢和知歌也一樣一臉困惑。

「我想換個地方問。換個時間、對象和地點，其實人的心緒也會跟著變。」

「你是說離開偵訊室嗎？可是如果不是有錄音、錄影設備齊全的地方，即使得到重要證詞也很難被當作證據。」

蓮田邊反對邊觀察笘篠的臉色。這實在不像稟性穩健沉著的笘篠會說的話，看來應該是別有用心。

「我已經徵得課長的同意了。來吧，兩位。請與我們同行。」

4

讓知歌和貢分乘兩輛警車，笘篠自行開車。蓮田並未被告知要去哪裡，只是坐在後座知歌旁邊。然而，即使笘篠沒說，畢竟是走慣了的路，大致猜得到笘篠要去哪裡。知歌似乎也猜到了，從剛才就顯得越來越不安。

到了這個時候，蓮田才為自己的粗疏感到慚愧。在知歌投案、開始供述的那一刻，他就一心以為案子結束了。

太早下定論了。

要確定正犯是大原知歌、從犯是森見貢，顯然還有很長的一段路。只怕這就是知歌失去冷靜的原因。

不久，目的地進入蓮田的眼簾。

命案的起點，吉野澤臨時住宅。

雖然中途便猜出目的地，但他沒料到的是，那裡已經有好幾名鑑識的人了，也在其中看到了兩角。

「笘篠先生，兩角先生他們怎麼會來？」

「要開始偵訊森見貢的時候，我拜託鑑識的。看樣子作業好像也快結束了。」

蓮田等人的警車開進去停好，後續的警車也照做。笘篠下了車，疾步走向兩角。

「有嗎？」

「有。採集到毛髮，血液檢測也呈陽性反應。那裡十之八九是犯案現場。」

「感激不盡。」

「在感激之前告訴我，你怎麼會盯上那個地方？」

「就是直覺啊。」

那語氣明顯就是扯謊。

「走了。」

笘篠繞到後面，走進一間臨時住宅。蓮田和知歌，還有貢也跟在後面。

屋裡，有個人在步行帶上被兩名調查員包挾著垂頭喪氣。鑑識人員在他們四周忙碌著。

知歌想跑過去，卻被兩名調查員制止，伸長了手也搆不到。

「刑警先生，這到底是怎麼回事？」

「原因妳不是最清楚嗎？是啊，比森見貢先生更清楚。」

蓮田莫名其妙地看貢。貢也掩飾不了無措。

「殺害掛川勇兒先生的，是這一位。」

笘篠一宣告，蓮田差點驚叫出聲。最後關頭勉強忍住了，但衝擊還是不小。

貢也同樣驚訝，啞然地來回看知歌和皆本老人。

「我比對了大原知歌小姐和方才森見貢先生記錄下來的供述。發現兩人對殺害狀況的說明雖然一致，卻有一點微妙的不同，就是凶器角材的使用方式。首先，森見貢先生說『你想想看，知歌那麼細的手臂舉得起角材嗎』。另一方面，大原知歌小姐說的是『拿角材朝掛川先生的頭揮下去』。森見貢先生原本是從事建築業的，平常就常接觸角材。所以才會說出『就算是廢材，最短的也有一公尺半到兩公尺的東西。如果是三十八公釐厚的國產杉，少說也有兩、三公斤』這樣根據實際體驗而來的證詞。」

蓮田撟舌不語。明明自己也聽了同樣的供述，卻沒有注意到這麼小的細節。

「另一方面，大原知歌小姐是以揮下去來描述。考慮到她一個人小力微的女性，就有點奇怪了。因為是揮下重兩、三公斤的角材，去擊打成年男性的頭部。那麼，為什麼會這樣描述呢？會不會是因為，雖然有點不自然，卻還是必須讓森見貢先生相信凶器就是角材呢？考慮到大原小姐和森見先生是在犯案現場碰面的狀況，可以推測是她讓森見先生相信她是凶手，乞求幫助。換句話說，實際上使用的會不會不是角材，而是別的東西？也就是說，真正的凶器是很像角材的其他東西。」

笘篠靜靜地瞪著知歌。知歌害怕得嘴唇顫抖。

「那麼，她為何要說沒有用到的角材是凶器？因為真正的凶器，會直接指出凶手。她並不是真正的凶手，只是為了包庇凶手向森見貢先生說了假話。」

「笘篠先生。」

蓮田嘴巴很乾，話說得不太順。

「知歌是要包庇這個人對嗎？」

蓮田看向被兩名調查員夾在中間的皆本老人。皆本老人卻是不去看任何人。

「大原知歌小姐不惜頂罪也要保護的人。那就是無依無靠、得不到任何人幫助的皆本伊三郎先生。」

「實際使用的凶器是什麼？」

「麻煩把那個給我。」

一名鑑識人員呼應笘篠的話，拿來一個塑膠袋。裡面裝的是一個形似斧頭的木槌。

恍然大悟。

蓮田和笘篠一同前往石卷港時，一個貌似漁夫的男子用一個四方形的木槌來整理魚網，和這個是一樣的東西。

「這柄木槌，除了整理魚網之外，也是在加工馬口鐵和繩子時用來敲軟的工具。槌頭（敲擊的地方）的材質用的是堅硬的櫟木，為了防止裂開上了蠟。長四十四公分，頭部十二公分，重約七百公克。使用方便，也具有十足的殺傷力。」

木槌的頭部呈四方體。用來打人的話，的確會形成與角材打人相同的創口。只怕笘篠在石卷港看到用來維修魚網的木槌時，就對皆本老人產生懷疑了。

「皆本爺爺，你為什麼要留著那個？我明明一直叫你要趕快丟掉的。」

再也忍不住的知歌出言責怪。皆本老人一副過意不去的樣子，身子縮得更小了。

「大概是因為木槌頭部上了蠟，以為只要把上面沾的血擦掉就不會被發現了吧。」

「我捨不得丟。」

皆本老人頭一次開口。

「我知道留著很危險。可是啊，這是唯一一樣能紀念我靠魚網養家活口那時候的東西了。叫我怎麼丟得了啊。」

「我明白。但是，無論您擦得多乾淨，還是會留下痕跡，會被魯米諾檢驗出來的。」

原來沒醉酒的皆本老人竟是如此軟弱嗎？蓮田覺得心頭一陣抑鬱。

「您和掛川先生之間發生過什麼，可以告訴我們嗎？」

「那時候我正在喝酒。結果掛川先生來了，照例開始勸我搬進公營住宅。所以我就發起牢騷，他竟然說那就只能民事調停、什麼強制執行的。我也醉了，沒了自制力，可是掛川先生的說法也很難聽。我忍不住就火了，不知何時手裡就握著一直放在電視櫃上的木槌。等我回神，掛川先生已經頭上流血倒在地上。」

「然後呢？」

「我不知道該怎麼辦，就聯絡大原小姐。她馬上就來了。」

「等等。」

蓮田無法理解，問知歌道：

「剛才看妳的手機通信紀錄的時候，那天在貢之前是沒有紀錄的。」

於是知歌從口袋裡拿出兩支手機。

「讓將將看的是這邊私人用的。和『友&愛』有關的聯絡則是用機構發的手機。」

「大原知歌小姐。皆本先生把妳找來，妳應該看到屋裡的慘狀了。能不能告訴我們妳所採取的行動？」

笘篠的話雖然客氣，卻是不容分說的語氣。走投無路的知歌吶吶說起來。

「皆本爺爺在電話裡是叫我先過去再說。我來了一看，掛川先生頭破血流，已經沒氣了……我一個人實在沒辦法，所以就找了貢。」

「然後妳對森見貢先生謊稱自己是凶手。」

「是的。因為我想，只要我說我是凶手，他一定會幫我。而貢真的就以說服居民搬進公營住宅為條件，馬上就提出了解決方案。」

「就是製造密室這個主意了？」

「因為，要是被人知道這裡發生過命案，頭一個被懷疑的就是屋裡的人。貢解釋說，製造出密室的目的，是做出不可能犯行的狀態，還有一個目的，是讓人查不出真正的殺害現場在哪裡。」

蓮田差點對自己的洞察力之缺乏笑出來。什麼舊情復燃。蓮田和貢都這樣以為，結果只不過是知歌利用貢的感情而已。

貢大概也有同感，只見他半張著嘴望著知歌。被一個自以為還愛著自己的人反過來利用了。對男人而言，只怕沒有比這更可笑的事了。

笞篠無視這兩個可悲的男人繼續提問。

「妳為了保護皆本先生不惜犧牲自己，是為什麼？」

「因為除了我，沒有人能幫他。」

知歌憤怒地說：

「他失去了家人、房子、工廠和一切，臨時住宅是他唯一的棲身之處，卻還要被人趕出去。要是再被送進監獄，一定還沒服完刑就沒命了。」

由知歌代為發言的皆本老人一直保持沉默。想必是因為雖然說來窩囊，卻也不假吧。

此刻站在這裡的五個人，兩個是被騙的男人，一個是沒被騙的男人，再一個是被護著的男人。然而位於中心的卻是一個女人。

「哈哈哈！」

貢突然笑出來。

「真是傑作。不，我是說我。真的是傑作啊！」

雖然令人感到不合時宜，但貢還是一直笑個不停。是重逢以來蓮田第一次看到的、快活卻有點空虛的笑。

蓮田受到感染，也差點跟著笑。那應該是悔恨、自憐與遮羞交織的笑。

尾聲

皆本伊三郎依殺人嫌疑被捕約兩週後，蓮田單獨前往吉野澤。並不是奉誰的命，也不是應誰的邀，只是他不能不去。

臨時住宅已經不成形了。所有的建築都被拆除得乾乾淨淨，只剩下地基和少許廢材。本來停在後方的大小建築機械如今一台都不剩。

皆本老人被捕後，淵上、柳沼兩家也陸續搬走。一方面是反抗公所反抗得累了，但鄰近住戶殺死公所窗口的事實，還是令人不舒服吧。

一個女人佇立在臨時住宅原址上。

是沙羅。

「唷。」

蓮田低低叫了一聲，沙羅緩緩轉過身來。

「我就知道你差不多該到了。」

「難道妳還去縣警問過？」

「直覺。我的直覺很靈的。」

那麼，妳也察覺貢和知歌的共犯關係了嗎？蓮田心裡這樣懷疑卻沒說出口。

「妳在這裡等，是為了要怨我逮捕了妳老公嗎？」

「怨是要怨的。我請求保釋卻被駁回，要是被判了徒刑，在服完刑之前不能競選。我爸氣得要命，連離婚都說出來了。」

「很像妳爸會說的話。那，妳有什麼打算？」

「我怎麼可能離婚。我又不是和森見議員的繼承人結婚，是和從小一起長大的祝井貢結婚。」

「貢聽了一定會感謝得哭出來。」

「哪可能，那個鐵面人。昨天我也送東西去給他，他連一句謝謝都沒有。」

皆本老人招認之後，知歌和貢也都認了罪，於是直接逮捕、起訴。如今三人都在仙台拘留分所等待首次開庭。

「還有就是，我想看看將將可憐兮兮的樣子。你要是頹喪消沉，我的鬱悶憤恨應該會減輕一點。畢竟是抓了我老公的人，這點處罰也不為過吧。」

「我幹嘛要頹喪消沉？」

「知歌想保護那個老先生。我老公想保護知歌。我想保護森見家。大家都在震災裡失去了重要的人事物，拚了命地想留住現在擁有的。將將想保護什麼呢？」

蓮田不知如何回答。

自己只做了身為警察該做的工作。如果說他不想與三人重溫舊交、最好能回到當初，那是騙人的。

但結果卻是給其中兩人上了手銬，讓剩下的一個人飽嘗辛酸。

「男人真有意思。一定會回到留戀的地方。所以我早就料到將將也會來這裡。」

沙羅的預測非常準確。自己是為了平息未能實現的願望和無法訴諸言語的感情，才來到這裡的。

「真是一點也不留情啊。」

「一個毫無損失的人別說那種悲劇主角的臺詞。」

並不是毫無損失。

自己不是在震災時失去的，而是十四年前就失去了。

好歹要讓他抱怨一句。

「最後還是沒能和貢和好。下次去接見的話，幫我告訴他我很遺憾。」

結果沙羅一副由衷傻眼的樣子大聲說道：

「將將，你是認真這麼想的嗎？」

「我怎麼想？」

「我告訴你，我老公想保護知歌不是因為他們舊情復燃，也不是對前女友懷著什麼奇怪的義務感，是因為他知道將將以前喜歡知歌。因為那是唯一一個稱得上死黨的人心儀的對象，他才想保護的。這還用說嗎！」

「……怎麼可能。」

「你以為我和我老公一起生活了幾年？比起來，將將還是和以前一樣遲鈍。」

沙羅一臉神清氣爽地轉身。

「有話想說就直接對本人說。」

沙羅走了之後，蓮田仍在那裡站了半晌。

也許失去是自己的誤會。

意想不到的欣喜與根深蒂固的疏離感同時湧現。

最後，蓮田也轉身背向臨時住宅原址。

心想，看來無論是城鎮也好，人與人的關係也好，要完全復興還需要不少時間。

後記

「請老師幫忙寫以仙台為舞台的小說。」

一切，都始於這個要求。這是我第一次接到既非特定劇情，也非角色，而是特定一個地點的邀稿。

於是我好不容易克服了以從未踏足之地為舞台的困難，寫出了《那些得不到保護的人們》。不料意外獲得好評，不知不覺竟已寫了三部。然而，我對於並非東北人的自己來闡述該地之事的膽大妄為，至今仍無法不感到躊躇與抱歉。那就好像讓一個不知戰爭為何物的半調子來訴說戰場的傷痛。

在寫作這三部作品的過程中，我不斷祈求，起碼要做到不自以為是、謹記以謙虛面對東北。儘管我向來都視寫作為工作、只要有人邀稿什麼故事我都寫，但此刻我受夠了自己的傲慢與厚顏無恥，總覺得有許多不足欠缺之處，因此暫時擱筆宮城縣警系列。

PL00121

徬徨的人們　彷徨う者たち

作　者—中山七里
譯　者—劉姿君
編　輯—黃煜智
行銷企劃—林昱豪
校　對—魏秋綢
內頁排版—綠貝殼資訊有限公司
副總編輯—羅珊珊
總 編 輯—胡金倫
董 事 長—趙政岷
出 版 者—時報文化出版企業股份有限公司
108019 台北市和平西路三段二四〇號七樓
發行專線—（〇二）二三〇六六八四二
讀者服務專線—〇八〇〇二三一七〇五
（〇二）二三〇四七一〇三
讀者服務傳真—（〇二）二三〇四六八五八
郵撥—一九三四四七二四時報文化出版公司
信箱—10899 臺北華江橋郵局第九九信箱
時報悅讀網—http://www.readingtimes.com.tw
思潮線臉書—https://www.facebook.com/trendage
法律顧問—理律法律事務所　陳長文律師、李念祖律師
印　刷—家佑印刷有限公司
初版一刷—二〇二五年三月十四日
定　價—新台幣四八〇元
（缺頁或破損的書，請寄回更換）

時報文化出版公司成立於一九七五年，
並於一九九九年股票上櫃公開發行，於二〇〇八年脫離中時集團非屬旺中，
以「尊重智慧與創意的文化事業」為信念。

徬徨的人們／中山七里著；劉姿君譯 . -- 初版 . -- 臺北市：時報文化，2025.03
352 面；14.8×21 公分
譯自：彷徨う者たち

ISBN 978-626-419-219-4（平裝）

861.57　　114000537

SAMAYOU MONO TACHI

Original Japanese edition published by NHK Publishing, Inc.
Chinese (in complex character) translation rights arranged with
NHK Publishing, Inc., Tokyo through Keio Cultural Enterprise Co., Ltd.

ISBN 978-626-419-219-4
Printed in Taiwan